U0137452

小说家的散文

红柯 著

那张脸就是黄土高原

河南文艺出版社
·郑州·

作者简介

　　红柯（1962—2018），作家，本名杨宏科，1985年毕业于宝鸡师范学院（现宝鸡文理学院）中文系，曾任中国作协全委会委员、陕西省作协副主席、陕西师范大学文学院教授，作品曾获鲁迅文学奖、冯牧文学奖、庄重文文学奖、中国小说学会奖、上海文学奖、陕西文艺大奖等多个奖项，为陕西第三代标志性作家，代表作有《西去的骑手》《乌尔禾》《喀拉布风暴》等，小说《喀纳斯湖》被译为日文出版。

目录

辑五

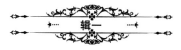

辑一

奎屯这个地方

一

奎屯位于天山北麓准噶尔盆地南缘,东边是石河子,军垦第一犁从那里开始。新疆生产建设兵团有许多的第一犁,真正的第一犁应该在石河子。奎屯的西边是乌苏古城,北疆人口最多的县,小说《玉娇龙》以及许多史书都写过这个地方,现在已经撤县设市。奎屯就夹在石河子与乌苏之间。内地很少有人知道奎屯,我总是加一句在石河子的西边,或者乌苏的东边,或者克拉玛依的南边,人家似乎是听明白了。我现在居住在陕西宝鸡,也是一个外地人很少知道的地方。外地一个朋友来看我,在电话里说:你在哪个宝鸡,地图上有两个宝鸡。我蒙了半天才明白,宝鸡市的东边有个宝鸡县(现已撤销,改置宝鸡市陈仓区)。古老的游牧民族总是在歌曲或史书里给一个地名后面加这个地方。大漠空旷辽远，碰到一块小石头都要捡起来，日积月累堆成敖包，祭奠神灵，也作路标。西北方言里，对每个人的称呼前面都加一个"我儿×××"，那个在亚欧大陆掀起最后一股草原风暴的帖木儿大帝，给西班牙国王的外交信函是这样开头的，"吾儿菲利普三世"，以示重视和亲近。与奎屯相比，宝鸡的典故太多了，"明修栈道，暗度陈仓"，宝鸡也叫陈仓，唐玄宗逃亡四川途中在宝鸡的无名小庙里住了一宿，庙就叫卧龙寺。最有影响的说法是炎帝故里，一个很响亮的说法。奎屯就没有这么多说法，天山以北至阿勒泰，自古是乌孙人、蒙古人的牧场。

奎屯最早的名字应该是哈拉苏，乌孙是哈萨克人的祖先，哈萨克人给这块土地起了一个美丽的名字叫哈拉苏，翻译成汉语的意思是黑色的泉水。新疆的地理常识，那些源自冰川雪峰的河水都是灰白的，叫阿克苏，白水的意思；源自大地，清澈见底，又是草原黑钙土，就叫布拉克或哈拉苏，芦苇遍地，泉眼密如星辰。

1986年我们一家定居奎屯时，还能看到一大片的泉水，在市区东北角，差不多是一片芦苇荡，当地人叫鸭子坝，显然是汉人的叫法。泉眼汇聚成湖水，长满苇子，大群的鸭子游来游去。长满芦苇的地方肯定有造纸厂，造纸厂的污水臭味跟湖区是那么不协调。鸭子坝还是很吸引人的，三三两两钓鱼的人散布在水边。

奎屯是蒙古人喊出来的。成吉思汗的大军从阿尔泰山和果子沟分两路西征，又回兵征讨反复无常的西夏，大军途经奎屯，正值隆冬，领略了欧亚大陆无数寒冷的地方，大军沿着天山北麓过精河，过乌苏，有个蒙古兵就叫了起来，"奎屯，奎屯"，译成汉语就是"寒冷"。处在准噶尔盆地最宽阔的地方，毫无遮拦，南面高大的天山在这里裂开了一道山口，正对着塔里木北缘的古城库车，寒流全聚集在这里冲向塔里木。阿尔泰草原和准噶尔大漠的马背民族总是挥兵南下，一次次征服温暖的塔里木；有三个达坂通道，东疆吐鲁番过铁门关干沟是一条道，伊犁喀什河上游冰大坂直插阿克苏是一条道，最险要的山口在奎屯与库车之间，蒙古兵翻越这条山道的次数很少，他们感受到的寒冷是实实在在的。从那时起，蒙古人再没有离开过这里，厄鲁特人、土尔扈特人、准噶尔人都是蒙古人的分支，他们都在这个地方感到了世所罕有的寒冷。1986 年我成为奎屯市民，我也领略了中亚腹地的寒冷，这寒冷在内地是从来没有过的，太阳穴发疼，额头像要裂开了，气都出不来，寒冷是很有力量的。各个民族在不同时期对寒冷的感受沉淀下来就有了奎屯这个地方。

那个蒙古兵是很值得纪念的。据说蒙古大军每个人两匹战马，换着骑，一口气从不儿罕山跑到地中海，又旋风般回旋中亚进军中原，没有人喊累，没有人怯阵，可是这么一个蒙古兵在天山北麓的山口用纯朴的蒙古语大喊"冷啊冷啊"，也就是"奎屯奎屯"，他的叫声感染了大军，千军万马也在喊冷，马肯定跟着主人一起喊，马比人累多了。大军就在寒冷的奎屯住了一宿，按蒙古人的规矩，在头盔里煮羊肉，饱饱地吃了一顿，到黄河边，征服了西夏，成吉思汗的黄金之命也到了安息的时候。好多年以后，林则徐流放伊犁，夜宿奎屯，日记中有"奎墩，居民百余，闻水利薄地不腴"。奎屯市和农七师的地方史志里记录最多引用最多的是林则徐的日记，西公园里有林则徐的雕像，感念林公在日记里写过这么一笔。我曾在一篇文章中写过这么一段话：热爱一片土地，不一定非得人杰地灵，珍宝满地，新疆这样的地方不多，林则徐日记里写得明明白白，地不腴，不是一个土地肥沃的地方。

二

20世纪50年代开始的屯垦活动选择的都是荒无人烟的地方。屯垦开始于西汉，汉屯的规模两万人，有两万中原人在天山南北从事西域最早的农业，那时西域的土著居民是乌孙和匈奴。维吾尔人的祖先回鹘人，公元五世纪开始从蒙古高原西迁塔里木，直到清朝中期，塔里木的维吾尔人翻过冰大坂到达伊犁河谷，就是塔兰其人，即种地的人。唐屯的规模是五万人，清朝更大，十二万人，天山南部的疏勒、阿克苏、库尔勒，天山北边的昌吉、呼图壁、玛纳斯、沙湾、乌苏、精河、伊犁都是汉唐清代土著汉族群居的地方，也是农业大县。清末阿古柏割据新疆的十多年间，北疆的农业大县基本控制在汉族民团手里，武功盖世的徐学功是当时最有名的民团首领，左宗棠收复新疆采取的战略是先北疆后南疆，就是因为北疆有许多汉族武装力量的配合，又是西域重要的农业地区。当时的行政划分，东疆哈密一带，归甘肃巡抚管理，我们今天很多行政区域划分是学当年斯大林的，孰优孰劣暂且不说。新疆建设兵团的二十万大军，最有屯垦经验的三五九旅老部队，去了条件艰苦的南疆，在沙漠里建起了一座新城阿拉尔，绿岛的意思。北疆也一样，军垦第一座新城石河子，地处农业大县玛纳斯与沙湾之间。石河子，天山大峡谷流出的一条河，看上去满河床全是石头，就叫石河子，几百公里只有几户人家，王震就把兵团司令部设在石河子。石河子的城市规划是全中国最好的，是和张仲瀚的名字连在一起的，所有的建筑全都掩映在宽阔的林带里，相距的空间很大，未来五十年、一百年的建筑空间都留出来了。直到今天，石河子依然是一座人工森林里的城市，兵团司令张仲瀚与国民党起义将领陶峙岳都是儒将，兵团人亲切地称张仲瀚为我们兵团的父亲。将军出身于冀中富豪之家，投身革命，屯垦西域终身未娶。笔者在新疆的十年间，亲身感受到军垦老兵和兵团文化界人士谈起张仲瀚时的崇敬之情。

兵团的最后一个农业师——阿勒泰农十师师部所在地——北屯是最边远的垦区，北屯原名多尔布拉克，很荒凉的一个地方，张仲瀚就给这里起了一个很大气很诗意的地名北屯。以石河子的模式,天山南北出现了阿拉尔、五家渠、奎屯、北屯、可可达拉等一系列新城。像凉州户、军户、八间户、十三间房、兰州湾、广州湾、沙湾、西湖、三工、二工从地名都可以听出来,都是汉唐清朝的屯垦点。

奎屯是从石河子分出来的。兵团司令部迁乌鲁木齐,兵团最大的师农八师留在了石河子。农七师师部在沙湾时,师长刘振世、政委史骥带着部下,沿玛纳斯河寻找落脚点,玛纳斯河七拐八拐消失在沙漠里。古尔班通古特沙漠比南疆的塔克拉玛干沙漠要好一些,属于固定沙丘,沙丘上还生长着红柳、梭梭、骆驼刺,古尔班通古特是蒙古语,意思是三墩芨芨草,来自大地深处的绿色喷泉,茂密的叶子呈喷射状态。师长刘振世、政委史骥一班人马从炮台到大拐、小拐到车排子,在车排子他们发现了另一条河,奎屯河。一条源自群山的河流总是要在大漠浇灌出大片绿洲。从此,农七师就跟奎屯河连在一起。准噶尔盆地的地势南高北低,师部就选在奎屯河出山的地方,河的东岸。每个师都有第一犁的地方,农七师的第一犁就在师部的所在地,今天的一三一团。从地窝子开始,兵团人必须经过人类原始阶段的洞穴生活。师长、政委可以坐小车,刘振世、史骥的车子大概是美式吉普车或苏联的"羊毛车",巡查辽阔的垦区,数万将士的作业区泥浆泛滥,蚊蝇飞舞,战士们发明了许多土法子,戴纸帽子,只露两只眼睛,身上涂满青泥。师长和政委也学战士们的样子,脑袋上扣一个纸帽子,奇形怪状的一群人在万古荒原上开天辟地。确是开天辟地。有个六十岁的老兵,怀揣两只小鸡,精心喂养,最后发展成了一个三千多只鸡的养鸡场,他就成了第一任场长。有个锡伯族军官,家在伊犁,带回几斤玉米种,第一批玉米就长出来了。被苏联专家宣布为棉花禁区的地方,人们种出了棉花。第一个果园,第一个花园,第一个种羊场,第一个糖厂,第一个煤矿,相继出现在大地上。我的成名作《美丽奴羊》中的羊,就是紫泥泉种羊场培育的优质细毛羊,澳大利亚羊与土著哈萨克羊杂交而成,雍容华美,如同贵妇,学名美利奴,词典里可以查到的,因为是音译,写小说的时候我就改成了美丽奴。许多司空见惯的事情,在兵团人手里就有了创始的意味。坎土曼,人拉木犁,二牛抬杠,原始农业也仅仅一两年,地开出来了,苏联的拖拉机、康拜因(联合收割机)也过来了,原始与现代就这么迅猛,这么直截了当。新疆是一个奇特的地方,远远超出内地人的想象,毫不客气地讲,也是一种庸常的想象。去年我看到一个报道,一个维吾尔族小孩自己组装了一辆汽车,家境并不富裕,父母却想尽办法满足孩子的愿望。愿望源自想象力。内地的孩子,包括大人,缺乏想象力。中国文化几乎是缺乏想象力的文化。我的小说总是被误读,我不得不多说两句。新疆的大企业,如十月拖拉机厂、八一钢铁厂、八一毛纺厂、八一棉纺厂、八一糖厂、八一盐厂、红星造纸厂,这些名称一看就知道是兵团人建的,全部无偿给了地方。从农耕到工矿,从荒原到地方，一代人就完成了。建于20世纪50年代的农七师师部大楼，砖木结构，俄式建筑，楼梯地板都是厚木板，墙壁是砖和白灰，红黄色，三层，宽大的门廊和圆柱，周围的林带有两百多米宽，简直是一座森林，高大的杨树把天地紧紧拉在一起。这座俄式大楼一直保存到1993年，被拆掉了，林带也砍了，新建的师部大楼十层，有电梯，林带变成了广场，建有音乐喷泉，有钢塑军垦第一犁雕像，我们一家在音乐喷泉前照了不少相，遗憾的是没有在那栋俄式大楼前留个纪念。我还记得第一次走进那栋俄式大楼的情景，木质地板咕咚咕咚，好像在牛皮鼓上走动。在此之前，我有过一次脚踩木地板的经历。那是1986年，乌鲁木齐市人事厅的大楼就是木质地板，内地来的大学生看到什么都好奇，人家就告诉我，这里以前是盛世才的督办公署，我的想象力一下就被激活了。后来在八一钢铁厂所在地头屯河，人家告诉我这里是当年马仲英跟苏联红军血战的地方。后来在伊犁河谷，在尼勒克草原，我看到跟紫泥泉种羊场一样的尼勒克种羊场，草原人用羊毛扎了一个比马还要雄壮的羊，矗立在种羊场的门口。我也知道尼勒克有一个更诗意的名字，婴儿。可我的想象力到了极限，我无法抒写尼勒克。这个地名最早出现在我的记忆中，是上初中的时候，也是我对文学最初的冲动，很不好意思，我的文学启蒙书是《革命烈士诗抄》，我读到了维吾尔族诗人穆塔里甫的诗，我写出了第一篇好作文，写的就是穆塔里甫，我平生第一次受到了老师的表扬。从穆塔里甫我知道了普希金，上大学的时候我才有可能把古波斯诗人哈菲兹的诗抄了一大本子。穆塔里甫是尼勒克人，二十多岁就被盛世才杀害了，纪念他的文章最后一句是："阳光照进了诗人静静的墓地。"这个句子刻在我的脑子里，我一直在想象照射在墓地上的阳光是什么样子。尼勒克草原和那美丽的羊就成了我心灵的秘密。还是从紫泥泉开始吧，孕育了优质的羊群，孕育了绿洲和城市。1986年的奎屯新城只有三栋楼房，农七师师部大楼、奎屯市委市政府大楼、红旗商场，以这三座高大建筑为中心，伸展出五公里长的两条大街，北边靠近一三一团场的是农七师师部，南边靠近乌伊公路的是奎屯市政府。向外延伸，是军垦战士建起来的面粉厂、酒厂、农机厂、烟厂、棉纺厂、纸厂，都是砖房，再远一点就是土块平房，还能看到零星的地窝子，窗户贴着地面，一条斜坡通下去，很清晰地记录着一座城市的历史，从洞穴时代里开始的半个世纪的历史。整个奎屯河两岸，下野地、车排子、克拉玛依市及周围的油田被包围在农七师的垦区里，最北边的垦区一三七团在乌尔禾，蒙古语"下套子"，就是抓野兔的地方，有名的魔鬼城就在乌尔禾，这里是准噶尔盆地的底部，再往北，地势又高起来，就是具有北欧风光的阿尔泰草原了。农七师最兴旺的时候，一直西扩到博尔塔拉草原，后来从农七师分出农九师，额敏河流域就是农九师的范围，也是有名的粮仓。

1992年，北疆铁路通车，奎屯电视台、广播电台做了整整一个月的宣传,通车的那一天,各单位用车拉大家去看剪彩仪式。那些当年屯垦开荒的老兵,那些支边青年,那些听从党的召唤西上天山的女兵,一辈子都没有离开过这块土地,他们的孩子,第一代、第二代都没有离开过这里。火车意味着一个多么遥远的梦想。1986年,我去伊犁州技工学校报到的时候,唯一的一栋住宅楼马上要竣工了,单位照顾内地来的大学生,让我住到了最高层五楼,领导和教师都住高层,独家小院的红砖平房没人住,几年后我申请到独家小院,院子里有菜地,有啤酒花,有菜窖。从1992年开始,数年间,几百栋大楼拔地而起。市中心的沙枣树、白杨树、榆树全被拔掉了。市政府西侧的林荫道,四五十年长起来的老榆树,还有西区到五公里路口的林荫道,抗拒大风,树干如同螺纹钢,有些树是贴着地面横长出来,千姿百态,但都很粗壮,可以看出准噶尔的风是什么样子。

新的树种长起来了。进口的草皮长出来了。沙枣树、杨树、榆树在城市的外围抵挡风沙,整个垦区的条田上依然是沙枣树、杨树和榆树。

1994年,奎屯栽种了五公里长的新疆玫瑰,半人高,宽十几米,我每天早晨就沿着这条玫瑰大道长跑,哈萨克妇女采集玫瑰花制作玫瑰露,我们家用玫瑰花烙饼子吃。1998年,重返奎屯时,玫瑰又砍掉了,换成了草地。

三

　　新疆最好的地方是伊犁河谷和阿尔泰山,欧洲湿润的海风可以吹到西天山和阿尔泰山,有丰沛的雪水和众多的河流,植被从西往东逐渐减少,到东天山几乎全是大戈壁,吐鲁番、哈密就是戈壁滩上的小块绿洲。

　　维系绿洲的是天山的雪水。地理学家把天山称为中亚大漠的湿岛,翻开地图就可以看出,新疆的城镇和绿洲大多分布于天山两侧,北疆多于南疆,山的阳坡长草阴坡长树,冰川和积雪靠近北部。水量最大的额尔齐斯河、伊犁河除外,准噶尔盆地从东往西依次排列着乌鲁木齐河、头屯河、呼图壁河、玛纳斯河、奎屯河、古尔图河、精河,绿洲就分布在山麓和盆地的边缘地带,再往下,河水干涸,绿洲消失,沙丘出现。

　　人对自然的依赖不仅仅是水,还有风。欧亚大陆中心地带几乎全是风暴眼。地理学家还有一个说法,陕西、甘肃、山西一带的黄土是大风从中亚腹地吹过去的,在更遥远的年代,新疆是大海。我在乌鲁木齐黑山头亲眼见过岩石上的海浪波痕。听起来跟神话似的。有水就有绿洲,人类要在绿洲上生存还必须有一个条件,要有宽阔的林带抵挡大风,否则庄稼根本长不起来,连房子都会被风刮掉。兵团人当年住地窝子的重要原因就是风大,等树长起来了，房子也有了。没树的地方照样是好草场，高草长在天山谷地，山麓和盆地的边缘地带属于荒漠草地，属于春季放牧的地方。地理学叫早春短命植物区系，主要分布在天山北麓，伊犁河谷有一百六十多种，西天山次之，有一百二十多种，由西向东减少，至奎屯减少至五十多种，到东天山就只有十几种了。这些短命牧草只有一年的寿命，牧畜度过春荒，就转到山地夏牧场去了。绿洲有自己的植物带，矮小短命的牧草分布在绿洲的外围，属于旱生植物，也就是旱地荒漠地向绿洲的过渡，再深一层就是中生植物，生长在中等潮湿的沙土地带，再下去是湿生植物，生长在过度潮湿的地带。绿洲农业首先要在这几种植物的过渡地带栽种树木，外围是榆树，里边是杨树。农田也是林带隔开，一条一条跟棋盘一样。西域的屯垦都是从栽树开始的。不了解新疆自然条件的人听到屯垦开荒，首先想到的是破坏生态，是烧荒。绿洲农业首先是绿化环境。1986 年我刚到新疆，带学生去植树，都是手指粗的小树，我问校长，这么小的树能活吗？校长说浇上水就能活。奎屯河的水确实能浇过来，问题是得有人看护这些树。内地这么小的树孩子们折断当玩具，大人会拔回家当柴火烧。我的忧虑纯属多余，新疆孩子打架拼刀子流血，也不会去伤一棵树，从他们的父辈，对树对植物就有一种敬畏与崇拜。十年后我离开奎屯时，那些小树都长成高大的树木了。地域影响人的观念。公元 5 世纪从蒙古高原西迁塔里木的维吾尔人，在他们伟大的传说里，他们的祖先乌古斯汗是在树洞里诞生的，哈萨克人、吉尔吉斯人、蒙古人的习俗，女人不生孩子就到树林里住几十天，祈求树精降灵于身，可以生养健康勇敢的孩子。

天山冰川的退化，气候变暖，其主要因素不是对绿洲的开发，而是整个地球自然条件的变化。学者王宏昌认为，西北干旱的原因主要有两点：一是对横断山区森林的过度采伐，影响了西南季风的湿度；一是欧洲森林的减少影响大西洋湿润气流的湿度，来自海洋的气流经过陆地时必须得到森林湿地气流的补充，否则就影响内陆的降水量，气流相对陆地的影响是远时空的。几个世纪以来号召"返璞归真，返回自然"，常常片面地赞美封闭的大自然，认为只有原始意味才是纯真质朴的，因而排斥一切现代文明，其实现代文明并非一概排斥或违背大自然的本性。绿洲经济的发展就是对自然的人性化的利用。

维系奎屯绿洲的是奎屯河，在新疆它是不能跟伊犁河、额尔齐斯河相比的，甚至不能跟玛纳斯河、呼图壁河相比。这条河太独特了，从天山腹地乔尔玛呼啸而下，狂暴如同野马，汛期常常出现冰块堵塞河道的现象，不能用雷管也不能用机械，只能用十字镐沿途敲打。农七师有一个水工团，这个团几十年就专门护理这条暴戾的河。职工们腰间系一根绳子，下到河面敲打河冰，很悲壮的一项工作，从 20 世纪 50 年代到现在，有七十一位职工葬身冰河。我的小说《雪鸟》写的就是水工团破冰人的故事。我的另一个小说《乔尔玛》也是写这条河，奎屯河发源地乔尔玛水文站，只有一个职工，默默工作了一辈子，一直单身，河就是他的女人。我写了三百多万字的西域小说，写奎屯的还不到三万字。过于沉重的东西，笔是难以表达的。

四

1949 年 9 月 25 日，新疆国民党十万军队在陶峙岳的率领下宣布起义，即"9·25"起义，编为二十二兵团，石河子农八师是胡宗南的嫡系，官兵来自江浙一带，后来又来一批上海知青，石河子至今是一座江南味很浓的西部城市。

奎屯的农七师前身是二十二兵团二十五师，官兵大多来自甘肃、河南，后来又来一批四川支边青年，奎屯居民就以河南人、四川人为主，文化气息较石河子微弱，但发展极快，大街上一看都是 20 世纪 90 年代以后的新建筑。

西北五省区我都走过了，新疆的城镇，生态环境最好，树多，穿过戈壁沙漠，老远看见绿色海洋，就知道那儿有人家。

天赋神境——天山

在许多文章中我总是情不自禁地写道:西域有大美,绝域产生大美。据说老子西行化胡而不归,老子最早说过大美无言。我等没有老子的智慧,故善言,无他,只想道出所见所闻所感。

作为一个关中子弟,1986年秋天来新疆前,我对大地、苍穹、地平线的认识仅仅是一些书本知识,大学毕业走出校门,我很幸运来到天山脚下,对大地、苍穹、地平线包括日月星辰有了亲身的体验,从那以后,发表作品时的个人简历总要写上"大学毕业后曾漫游天山十年",数百万字的作品也喜欢写上"天山系列"。

记得1986年秋天,初到新疆,我就被哈密、吐鲁番一带一泻千里的黑戈壁所震撼,古书里讲的瀚海太传神了,更神奇的是我发现瀚海里的神山——天山跟甘肃的祁连山、陕西的秦岭一脉相承,空间一下子就打开了,这不就是亚欧大陆中心地带的一条气贯长虹的巨龙嘛! 从神州大地第二阶梯黄土高原、陕西的大秦岭入甘肃就是划开青藏高原与河西走廊的祁连山,秦汉时匈奴所谓的祁连山就是天山,大地在乌鞘岭突然升高到第一阶梯就有升天羽化成仙的感觉。所有西行的人过乌鞘岭都有这种感觉。从河西走廊的尽头玉门关、嘉峪关开始进入真正的西域瀚海,祁连山与天山相交的哈密、吐鲁番一下凹到海拔几百米以下,瀚海里的天山却耸入云天,天地的界限消失了,进入天赋神境,欧亚大陆的一根大梁,也是地球中心岛的主干龙骨。

一　湿岛

地理学家把天山称为一座戈壁瀚海里永不沉没的"湿岛",地球上离海洋最远的群山,处在大沙漠包围中的最干旱的地带。新疆人更愿意把天山当作母亲。地球人都把河流称为母亲,把山当作父亲,山脉更多的时候不是挡风遮雨而是阻挡外敌侵略,大月氏人当年就离开祁连山的河西走廊远迁伊犁又南下万里到达兴都库什山才避开匈奴的追杀找到生存之地。天山东西奔腾五千里,在中国新疆境内有三千五百多里,约占整个天山的三分之二。山上的雪水孕育了群山两侧大大小小的绿洲,形成跟内地截然相反的气候特征。天气越热,山上融化的雪水越多,绿洲上的庄稼长势就越好。烈日与雪水、火与水的奇妙结合给棉花与瓜果提供了最佳的生长环境。西域的大小城镇就一字排列于天山脚下,再往下就是无边无际的戈壁沙漠了。这些大大小小的绿洲和绿洲上的城镇就像一群嗷嗷待哺的孩子，紧紧地依偎着天山母亲。被吞噬的都是远离天山母亲身处沙漠腹地那些孤儿一样的绿洲与城市，比如楼兰、精绝、尼雅。天山以北很少有被沙漠吞噬的古城。新疆呈三角形，塔里木盆地比准噶尔盆地大许多，盆地南缘的喀喇昆仑山几乎寸草不生，给盆地提供不了多少雪水，而北疆准噶尔盆地北边的阿尔泰山，完全是森林草原与湖泊的世界，北疆的自然条件比南疆好得多。

东天山靠近甘肃，水量最少，山体与祁连山相近，跟月球差不多，哈密在北疆，吐鲁番在南疆，火焰山就是吐鲁番的标志，气温高达七十多摄氏度，沙子里可以烤熟鸡蛋，也可以沙疗，葡萄沟里一条河浇出一片绿荫，沟上边全是黑戈壁，天堂与地狱近在咫尺。

坎儿井是东疆一大奇观。火焰般的戈壁沙漠下边是水，喝过坎儿井的水，任何矿泉水就都索然无味。这里有历史上的高昌王国，交河故城，吐峪沟麻扎，阿斯塔那古墓出土的织有伏羲女娲神话传说的绢画。东天山受不到任何海洋气流的渗润，大西洋的湿气沐浴了西天山，太平洋的气流染绿了整个大秦岭，祁连山接近东天山时也彻底干透了，敦煌玉门嘉峪关与吐鲁番如此相近。祁连山西端的裕固族与维吾尔族同源，最早从塔里木盆地迁来，信奉佛教。维吾尔族历史上信奉过佛教，信奉伊斯兰教是后来的事情。火焰山很能代表维吾尔人火一样的生命激情，也是东天山的一个标志。

东天山北麓还有两个有名的地方，奇台即历史上的古城子，汉族人居多；另一个是巴里坤哈萨克自治县，有湖泊、草原、骏马。我在《库兰》与《西去的骑手》中让主人公经受东疆黑戈壁的锤炼。库兰是哈萨克人对野马的称呼，贺兰山状似骏马，匈奴人也用贺兰称呼骏马一样的山脉。东天山给山下绿洲的河流很少，雪水从地下潜伏而出，天山母亲在这里呈现出一种深沉的大爱。

从乌鲁木齐开始天山为之一变，山间盆地有森林和草原了。我当年被东疆那种月球上的环形山吓坏了，本打算打道回府，但乌鲁木齐给了我希望，不是自治区首府的高楼大厦，是市区林带里的水与和平渠。乌鲁木齐河流过市区，20世纪50年代被王震改造成一条大渠。乌鲁木齐，蒙古语为"优美的牧场"。定居新疆后，来乌鲁木齐开会，不止一次去附近的南山牧场和白杨沟风景区。与乌鲁木齐相邻的米泉县（现米泉区）产大米，阜康市拥有著名的天池，相传是西王母与周穆王相会的地方。西王母很讲究，高山湖泊三湖相连，一处洗脸，一处洗手，一处洗脚。《穆天子传》跟《山海经》属于中国古代罕见的神话故事，主流文化认为其内容荒诞不经，在天山顶上读这些奇书却再正常不过。历史学家考证周人来自西域，周穆王西上天山完全是寻根认祖、衣锦还乡。

从乌鲁木齐开始是中天山了，天山北麓的城市从东往西开始出现米泉、阜康、五家渠、昌吉、呼图壁、玛纳斯、石河子。石河子往西就是西天山。呼图壁县境内天山深处苏鲁萨依康家石门子的岩画举世闻名，我曾写过一部失败之作《苏鲁萨依》，西域有大美，足以让任何艺术家的创作相形见绌，那是我受到的最感人的艺术洗礼。我不懂音乐不懂舞蹈，康家石门子的原始生殖岩画至少让我明白了人类舞蹈起源于如痴如醉的性交，男女交欢后还手之舞之，从中体验到生命的美好，人类就走出了愚昧和野蛮。大地是有生命的，我在散文《龙脉》中把河西走廊比喻为中原伸向西域的丰润无比的阴道，当中原穿过河西走廊进入西域，大地的经脉就通了，血气就流畅了，阴阳就平和了。中原拥有西域，秦岭—祁连山—天山一脉相连，我们的民族就健康刚强就周秦汉唐；失去西域，断了祁连山天山，血气堵塞，就是宋、明这两个精神失常的王朝。元和清，兄弟民族登上历史舞台重整河山，成吉思汗及子孙们打通整个亚欧中心岛，取《易经》首句"大哉乾元"的"元"为王朝的称号。清王朝衰落不堪的时候，左宗棠还抬棺西征，湖湘子弟满天山。石河子有一个紫泥泉种羊场，为新中国培育了第一代细毛羊美利奴羊，我写小说时改为《美丽奴羊》。

中天山流向北疆的河流不如南疆多，北疆最有名的是乌鲁木齐河、头屯河，《西去的骑手》开头就写头屯河大战。玛纳斯河流入沙漠形成玛纳斯湖。中天山流向南疆的是开都河与孔雀河，流经山中巴音布鲁克草原，出山就是库尔勒市和富饶的和静县、和硕县、焉耆回族自治县、博湖县，两条大河流入仅次于青海湖的博斯腾湖。孔雀河深入塔克拉玛干沙漠注入罗布泊。罗布泊已经干涸，斯文·赫定倾其一生寻找这个"移动的湖"。我的最新长篇《喀拉布风暴》写了赫定。

从库尔勒往西，天山南麓的城市有轮台、库车、拜城、阿克苏。库车即古龟兹，龟兹大曲让人想起盛唐之音。库车另一大壮举就是克孜尔千佛洞。20世纪30年代施蛰存著名的小说《鸠摩罗什》就写了古龟兹。从库车北入天山，可达独山子与我生活过的奎屯，即独库公路，另一路可达伊犁。我在小说《军酒》中让主人公从库车翻天山达坂到伊犁新源巩乃斯大草原去酿制伊犁特曲。

天山北麓过石河子即西天山，山麓有沙湾、独山子、奎屯、乌苏、精河，过赛里木湖果子沟进入西天山最富饶的伊犁河谷，所谓伊犁九城，算是天山母亲奶水最足的地方，所谓"我们新疆好地方"应该是指伊犁。

西天山流向北疆的河流有奎屯河、四棵树河、古尔图河、精河，西天山与南天山流向南疆的有库车河、克孜勒苏河、阿克苏河、木扎尔特河。有关乌苏，我写过《四棵树》《古尔图荒原》《生命树》，给精河写过《玫瑰绿洲》《野啤酒花》《喀拉布风暴》。西天山从伊犁向南形成南天山的拐角处就是整个天山最壮美的汗腾格里峰与托木尔峰，我写了《高耸入云的地方》。

二　天上草原

我曾经是伊犁州技工学校的一名教师。初到新疆我很想到大学执教过书斋生活，我去奎屯时带了两份手续，一所大学，一所技校。奎屯街头农七师一位中年军垦战士告诉我兵团不如地方，地方这两个单位，大学不如技校，技校待遇好，我就去了技校，我就有条件带实习学生跑遍天山南北。野外实习补助多，我在新疆那十年，边疆相对于内地还有工资上的优势，我就能挤出钱供老家的弟妹们读书到毕业参加工作，这是我一直感恩新疆的地方。

漫游天山绝不是一句虚言。记得第一次从独库公路过天山达坂，每到拐弯处眼前全是万丈悬崖，还能看见大峡谷里摔烂的汽车，恐惧到极点睾丸会收缩，几年后就习惯了，也有胆子纵穿天山腹地。小说《鹰影》就写那些葬身天山大峡谷的司机。伊犁河谷最好的草原应该是喀拉峻草原、库尔德宁草原、唐布拉草原和那拉提草原，都有天上草原的美称。伊犁河有三条支流，喀什河、巩乃斯河和特克斯河，至雅马渡汇成伊犁河。三支支流的上游全是美丽的大草原，中下游则是肥沃的农田。喀什河上游是唐布拉草原，从伊犁的公路过唐布拉草原过乔尔玛翻天山达坂到独山子和奎屯，乔尔玛有烈士墓，埋葬当年修路牺牲的解放军战士，乔尔玛也是奎屯河的源头，每年都有农七师的军垦战士来破冰，常常有人丧身悬崖,山中水文站常年有人看守,小说《雪鸟》《乔尔玛》就写这些事。

从新源县的巩乃斯河边穿过那拉提草原进入巴音郭楞蒙古自治州和静县境内的大小尤勒都斯盆地,就是有名的巴音布鲁克草原和天鹅湖。开都河从这里流过,每年都有包括一万只天鹅的十万只水禽到这里度夏。清乾隆年间卫拉特土尔扈特蒙古人在渥巴锡汗带领下从伏尔加河流域返回祖国,从伊犁河谷入境纵穿天山腹地一个又一个优美的草原,天鹅跟神一样迎接远方游子。每次到库尔勒见到卫拉特蒙古人,总把他们看作天鹅之子。

地球上的湿地森林草原都在退化,天山腹地还保留着大地最后的青草地。我还记得当年第一次到草原,空气太新鲜,我不停地咳嗽,喉咙发痒,这是一次难受而又美妙的洗肺过程。我写下的那些文字如果有一点点意思,也都是天山给我的恩赐。

一般很少有人走从和静县境内的巴音布鲁克草原到伊犁州新源县的那拉提草原那条山道,也很少有人走从伊犁到乔尔玛翻天山达坂过八音沟到独山子和奎屯的山道。古代北方游牧民族进行大突袭时拼命一搏走这些险道。20世纪70年代经过十几年艰苦努力修筑了横穿南北的独库公路和东西纵向的库尔勒到伊犁、奎屯独山子到伊犁的山间公路。这些公路也只能在夏天七八月份才能穿越。所谓无限风光在险峰,沿天山北麓过无数绿洲与繁华的城镇过赛里木湖过果子沟到伊犁的乌伊公路是一年四季最繁忙的交通线。我曾经生活的小城奎屯东临沙湾西临乌苏,南与独山子炼油厂相接,距天山仅几十里,那时我们住五楼,在阳台上就能看见天山,黎明就能听见山中马群的嘶叫。

三　文明的曙光交相辉映

岩画应该是人类在大地上最早留下的生命之光,用石器打猎采集,生存之余,有闲情逸致在岩石上刻下捕杀过追逐过的野兽,其中的佼佼者就被永久地刻在石头上了,人还刻自己,留下自己最美妙的瞬间。阴山岩画、贺兰山岩画、阿尔泰山岩画一直到天山岩画,从伊犁河谷到康家石门子的生殖崇拜,石器从工具变成艺术;到甘肃青海就是陶器,到陕西就是青铜器。夏商周就开始了,从《山海经》《穆天子传》那个时代,西域就跟中原连在一起,张骞通西域有先秦那个大时代做背景,中国人的视野打开了,想象力是需要空间的。丝绸之路不仅仅是商业的、军事的、政治的,也是一种文化的交流。

天山脚下最繁华的莫过于吐鲁番与龟兹(库车)了。龟兹成为佛教传入中原的枢纽,许多印度高僧从龟兹入东土,更多中原高僧从这里去西天取经,玄奘最有代表性。也是隋唐那个大时代,维吾尔人的祖先从蒙古高原分三路西迁,进入塔里木盆地,结束了草原游牧生活,定居绿洲,开始了农业、手工业、园艺业。游牧时代的史诗是《乌古斯传》，定居西域大漠后，维吾尔人创造了辉煌的《突厥语大词典》《福乐智慧》和十二木卡姆。今天那个喜马拉雅山南坡的国家不丹提出的幸福指数就是十二世纪时哈斯·哈吉甫的观点，福乐智慧就是追求幸福的智慧。十二木卡姆又分喀什木卡姆、库车木卡姆、吐鲁番木卡姆、哈密木卡姆、伊犁木卡姆。木卡姆中有秦腔的曲调，所谓盛唐之音不仅仅指唐诗还有乐曲，其中西域大曲就是唐乐舞之一。边塞诗构成唐诗最激动人心的一部分。盛唐之音中的最强音李白就出生在西天山脚下楚河附近的碎叶城。李白在西天山度过了金色童年，胆子大得惊人，酒量更大，"太白遗风"成为酒家招牌，太白通胡语，醉酒写蛮书，其作品中反复咏唱的月亮、美酒与女人也是古代中亚各民族诗人们的永恒主题。"明月出天山，苍茫云海间"，也只有天纵之才的李白才能写出这么美妙的诗篇。

亚历山大大帝东征带来的希腊文明，帕米尔高原南边的印度文明，西亚的基督教文明，伊斯兰文明，秦汉就入西域的中原文明相汇于西域瀚海，天山成为大地最有诗意的地方即天赋神境。中国少数民族三大史诗中的《江格尔》《玛纳斯》都诞于天山。柯尔克孜人几经周折定居南天山，与吉尔吉斯斯坦相邻。吉尔吉斯人即中国的柯尔克孜人，据说是汉朝将军李陵的后代，《山国女王库尔曼江和她的时代》有介绍。柯尔克孜族民间艺人玛玛依能演唱二十万行史诗，被誉为当代荷马。《玛纳斯》高亢悲壮，父子几代血染沙场,近于中原戏文中的杨家将,也只有秦腔接近这种曲调。

传唱《江格尔》的卫拉特蒙古人分布在巴音郭楞蒙古自治州与北疆的博尔塔拉蒙古自治州及乌苏县(现乌苏市)。从大兴安岭到阿尔泰山到天山被学者们称为中国北方草原民族英雄史诗带,其共同特点就是有开始没结尾,在不断地与时俱进与民族共存亡。民歌也是一脉相承,从陕北的信天游到甘、青、宁的花儿到天山草原民歌,我们还能体验到《诗经》的神韵,闻一多说的我们民族歌唱的年代并没有消失。伊犁最早属古乌孙国,细君公主、解忧公主的远嫁之地,察合台修通了果子沟通道,伊犁的阿力麻里成为汗国的国都;我曾写过《阿力麻里》。丘处机过果子沟去给成吉思汗讲道,天之上还有更高的天道。然后是林则徐、洪亮吉的伊犁之行。那时的伊犁很繁华,有“小北京”之称。大清帝国衰落前伊犁将军统领天山南北以至巴尔喀什湖一带,包括天山的全部与整个帕米尔高原,一个叫徐松的官员被贬伊犁,鸦片战争前徐松跑遍整个西域,写下了不朽的巨著《西域水道记》,赶在神州陆沉之前,赶在西方列强包括日本的一大批探险家到西域探宝之前,详尽地记录了西域的山山水水。我在大学时读那些让人钦佩又让人愤愤不平的探险家的著作,便萌发了西上天山的念头。大学毕业留校,一个农家子弟相当好的结局,我还是放弃了,一年后我带着求学时购买的上千册书(其中包括《亚洲腹地旅行记》和《古兰经》),悄然离开故乡关中踏上了西去的列车。

四　文学作品里的天山

　　张骞开辟的西域古道一直在天山以南，经库车、喀什，另一路经克什米尔。这就是所谓丝绸古道。汉唐的文明就是从这条商道而名扬天下。

　　丝绸之路以前呢？笔者以为还有一条比商业更辉煌的通道。那是一条神话之路。古希腊神话世界的发源地是奥林匹斯山，中国古神话世界则建立在昆仑山顶，西王母是最尊贵的女神。昆仑神话隐含着我们民族母系社会的最初形态，女娲抟土造人的仙境肯定在昆仑山天山。以后的蓬莱神话近于巫，哪有西王母的勃勃生机，传说有十二美少年侍奉这位女神。武则天后来把这个女性神话变为现实：那么丰盈而充沛的生命世界，不也是健康男子所向往的吗？位于西域的昆仑神话是最有生命气息的。

　　这是一条地理通道。老子乃楚人，悟的第一大道就是水之道，生命源于水，水处下而无不克，以柔克刚。老子的悟性是很前卫的，他来渭水南岸讲经，经道向西，尚水。汉武帝派张骞通西域，最初的打算是寻找黄河的源头，汉朝人以为黄河的源头在青海以西，在帕米尔高原，叶尔羌河是黄河真正的源头，入大漠，出绿洲后，为塔里木河，入群山，出青海，便是黄河。很有神话色彩。张骞一直到阿富汗，找到了河源，也找到了葡萄、石榴、核桃、苜蓿

28

和大宛的骏马。今天，骏马依然立在昭陵，苜蓿遍布华北、西北，石榴繁于临潼。植物和河道就这样与中原连在一起，构成我们的食物链。

黄帝一直被奉为中华始祖，有称黄帝是氏族，周秦的早期部落兴于西戎，即胡。唐室是典型的胡汉混血儿。五千年历史，是血液的拼搏与融合的过程，江河就像两条粗壮的大血管，血库在中亚腹地，在塔里木盆地。西方人把这个辽阔的地域视为人类的心脏，祖先把神州称为中国，即天下之中心、国中之国，直接通心脏的意思。血液与文化一脉相承，太极生两仪，所谓太极，大概就是辽远的西域。秦始皇，第一个一统天下的大帝，他那史诗般的战争，把那道长城很准确地划开了阴阳之道；中原文化尚理又近阴性，草原胡人文化阳刚而非理性。汉唐元清的兴旺，就在血气阴阳相通。宋明委顿，阴阳失调。

我居住西域十年，每次过河西走廊，总感到那绵延两千公里的潮润的绿色走廊完全是一个美妙的阴道，没有蓬勃的雄性之力无法穿越这个生命通道。敦煌就是一次生命的大狂欢，天山南麓克孜尔千佛洞又是一次大狂欢。那种大生命，近于天贴于地的生命冲动。

2013 年

乌尔禾及乌尔禾以北

　　1986年秋天,我落脚天山北麓小城奎屯。1988年秋天,有机会去阿尔泰招生,途经乌尔禾住了一宿。那真是一个令人惊叹的地方。从天山北麓准噶尔盆地南缘的奎屯过五五新镇以及农七师大片大片的庄稼地,过石油城克拉玛依,全是一泻千里的辽阔田野荒漠和沙漠戈壁,越往北方越接近盆地的底部,车子一路狂奔越来越像蹿入太空的火箭,不是奔向苍穹之顶,是进入大地深处,更像一条隧道。过了克拉玛依,大戈壁突然裂开一道缝隙,乌尔禾就在这道缝隙里。"两边大戈壁,中间一条河,叫白杨河",后来我在长篇《乌尔禾》中这样开头。这就是乌尔禾绿洲给我的最初印象,也是无法抹去的极为深刻的印象。

　　乌尔禾绿洲西北—东南走向,宽不过三四里,长不过几十公里,农七师最偏远的团场一三七团所在地,也是克拉玛依最北边的一个矿区,属于塔城地区和布克赛尔蒙古自治县的一个乡镇,有部队的一个兵站。过往旅客在公路东边的车站大院子打尖。饭后不到半小时就逛完了这个安静的小镇。第二天一大早,我穿过一三七团的庄稼地到白杨河边,撩着河水洗手洗脸,晨曦与河水混在一起,有点洗心革面的感觉,河两岸有两条大渠,从上源截流而来,跟毛细血管一样把白杨河的流水蛛网一样分散到宽窄不等的庄稼地里,那些葵花、玉米、甜菜以及大片大片的白杨树、榆树把河水天女散花似的布满绿洲的天空。在乌尔禾的密林和庄稼地里,人跟虫子一样。攀上绿洲边缘的戈壁往下看,不到一万人口的小小绿洲不也是大地上的一只昆虫吗?进入新疆时,在哈密、吐鲁番我已经领悟到人的渺小与无助,乌尔禾再次印证了这种感觉。那也是我第一次住在戈壁与绿洲交接的地方,一边是天堂,一边是地狱,如此分明又紧密相连。

太阳渐渐升高,朦胧的晨曦变成瀑布般壮阔透明的阳光之海。戈壁也亮起来了,一只野兔在戈壁深处奔跑,戈壁太辽阔了,让人感觉野兔是在原地起跳。在新疆我第一次知道有绿洲野兔,有戈壁野兔。绿洲野兔肥大、肉松,远不能跟戈壁野兔相比。戈壁野兔那种罕见的奔跑速度,那种弹跳力,可以跟狼和豹子相比,其忍耐力让人想到沙漠之舟——骆驼。人们把不毛之地形容为兔子不拉屎的地方,兔子只有拼命奔跑分秒必争才能横越绝域。老家陕西黄土高原的野兔也十分了得,过深沟大壑如履平地,但无法与戈壁野兔相比。后来我总是在文字中把西域大漠比作维吾尔人的达甫鼓,把火焰般的戈壁野兔比作快节奏的鼓点。大地是有心跳的,哈萨克语中火焰与野兔是同一个词。准噶尔盆地最低的洼地乌尔禾是天山以北野兔最集中的地方。蒙古人当年从北亚草原南下,西进出阿尔泰山征服世界,在乌尔禾见到如此众多的野兔,成吉思汗在白杨河边的密林里亲手抓到一只野兔,不用弓箭不用兽夹子,灌木可以绊住野兔弹簧一样的捷足,成吉思汗就给这块无名绿洲起名乌尔禾,即套子,能套住野兔的套子。大汗心情不错,把横亘在乌尔禾与克拉玛依之间的低矮赤裸的石岗命名为成吉思汗山,其实是戈壁腹地隆起的一条石脊,也是锤炼野兔的凶险之地。到了乌尔禾,算是野兔们的天堂啦。转场的牧人,南来北往的旅人、漂泊者、流浪者在此歇息,跟野兔无异。

准噶尔盆地的底部,古尔班通古特沙漠的腹地,幽静如洞穴,简直就像大地的脏腑,古尔班通古特,蒙古语"三墩茇茇草"的意思,给人感觉茂密高大如毡房的茇茇草全长在乌尔禾,人或走兽到了这里都会安静下来。1988 年我已经适应了西域大漠,真正安下了心。此前两年即 1986 年秋天,我初到新疆时想法很多,伊犁州人事部门安排工作时我坚持要去大学教书,人家就给我开了两份报到手续,一份伊犁教育学院,一份伊犁州技工学校,两个单位都在奎屯。离开伊犁州时,州人事局的刘书记告诉我最好考虑一下技工学校,这是新建的单位,需要人才,"你不会后悔的"。我心想技工学校能跟大学相比吗? 刘书记是山西人,跟我这个陕西人攀老乡，后来证明这位新中国成立初进疆的老同志说得很对。当时正是暑假，我和妻子到奎屯后也不急着报到。当时从内地进疆的大学生首选乌鲁木齐和克拉玛依，要么就是石河子，与石河子相邻的奎屯只是几万人的小城，内地很少有人知道大地上有个奎屯。到了奎屯才知道这里还有一所兵团教育学院，我们还以为是部队院校，正跃跃欲试时，农七师一位军垦战士主动告诉我们兵团不如地方单位，州技校比州教育学院好。人家一眼看出我们是内地来的，我和妻子也见识了兵团人的开朗豪爽。奎屯也是农七师部所在地，北边就是一三一团的庄稼地。感谢这位团场职工，我和妻子直接去了州技工学校报到。在一间平房暂住几个月，入冬前我们住进了学校新盖的大楼。

两年后的 1988 年春天，儿子出生，我成了父亲，开始在天山脚下扎根了。1988 年秋天，在乌尔禾绿洲，我跟真正的新疆人一样躺在河边的草地上，任大漠风从头顶吹过，金黄的树叶暴雨般落满胸膛，叶赛宁的诗句火焰般升起，"金黄的树叶堆满心间，我已不再是青春少年"。1983 年开始发表诗歌的校园诗人，1988 年秋天在石河子《绿风》杂志发表了最后一首诗《石头与时间》就搁下了笔。在以后的岁月里，我漫游天山南北，最喜欢去的地方是阿尔泰、伊犁。去阿尔泰总要留宿乌尔禾，再也不匆匆赶路，一住数天，最长两个礼拜，跟一只真正的野兔一样，跑遍这里的田野、湖泊、密林以及绿洲北边的魔鬼城。唯一遗憾的是对那些硅化石，跟欣赏岩画一样看了也摸了，就是没有搬一块回去。那时我热衷于各民族的神话传说歌谣野史。技工学校有这种条件，重点在实际操作，一年大半时间到处去实习，大卡车狂奔七八个小时，身子骨就这么颠结实了。直到现在也不习惯坐空调车，喜欢八面透风的大卡车。外出机会多补助费就高，新疆这片沃土成就了我的文学之梦，使我不但成家立业，每年还能给陕西老家的父母寄钱供弟妹们上学，他们差不多都大中专毕业能自食其力，这是我最感激新疆的地方。

1995 年底我回到陕西宝鸡开始写"天山系列"小说，以《奔马》打头，主人公把大卡车开成了疾驰如飞的骏马，从奎屯到阿尔泰，从阿尔泰到伊犁，纵横穿越准噶尔盆地，乌尔禾是必经之地，但书中没有出现乌尔禾。在《库兰》中野马的发源地卡拉麦里荒漠就在乌尔禾与阿尔泰之间，《鹰影》《狼嗥》都与乌尔禾有关，我总以为这些西域大漠的猛禽烈兽不适合乌尔禾，乌尔禾是野兔的乐园。在"天山系列"黑沙暴般冲天而起之后，2000 年我以中篇《莫合烟》开始写静静的乌尔禾，那个抽葵花叶子的细节是我童年的一段经历，我跟伙伴们把旱烟叶子与葵花叶子杨树叶混一起，用报纸卷胳膊那么粗的烟卷，一群浑小子全都抽醉了，我至今远离任何香烟。《文艺报》的王山小时在伊犁也把葵花叶子当莫合烟抽，我们一起交流过那种呛人的烟味。准噶尔野兔开始露面了，它构成长篇《乌尔禾》最核心的篇章，野兔应该是准噶尔的心脏，就像伊犁民歌《阿瓦尔古丽》中唱的，"灰色的小兔在戈壁滩上跳来跳去"。

从乌尔禾开始过魔鬼城进入金色的阿尔泰，每次去阿尔泰总觉得到了大地的尽头，到了地球的头顶，到了北极之北，到了普里什文描写过的"飞鸟不惊的地区"。第一次到哈纳斯湖边，我被那神秘的美所震撼，退回去了。这种退却救了我，2001年我写了中篇《喀纳斯湖》。整个阿尔泰都有一种罕见的美。《喀纳斯湖》之外，我写了长篇《大河》，中篇《金色的阿尔泰》《福海》，短篇《鹰影》《可可托海》《额尔齐斯河波浪》《跟月亮结婚》《红蚂蚁》《蚊子》《大漠人家》等，有关阿尔泰的小说有五十多万字。阿尔泰确实是应该大书特书的地方，卫拉特蒙古人的不朽史诗《江格尔》中的宝木巴圣地就是草原人心中的天堂阿尔泰草原，但很少有人知道乌尔禾是天堂之门。

2013 年

西北之北

1986年夏天，我离开故乡关中西上天山，具体的日期应该是1986年7月28日，从宝鸡上车，三天两夜后到乌鲁木齐，两天后从乌鲁木齐碾子沟长途汽车站乘车去遥远的伊犁。途中夜宿呼图壁，两天后到达伊犁。在伊犁州劳动人事局报到后，确定到伊犁州技工学校工作。学校的直管单位在美丽的伊犁河谷、有花园城市之称的伊宁市，就职的单位在几百公里外的戈壁小城奎屯。开学还有半个月，我们就住在伊宁市绿洲饭店，逛遍了伊宁市的大街小巷。在阿合买提江大街的书摊上我花五毛钱买到了中华书局1956年版的《蒙古秘史》，黄铜色封面，没有图案，只有"蒙古秘史"四个黑字，古朴冷峻大气，犹如古代草原武士的黄铜头盔。开篇第一句话就把我打晕了："成吉思合罕的祖先是承受天命而生的孛儿帖赤那，他和妻子豁埃马阑勒一同渡过腾汲思海子来到斡难河源头的不儿罕山前住下，生子名巴塔赤罕。"旁边的注释这

36

样写道:"孛儿帖赤那作苍色的狼,豁埃马阑勒作惨白色的鹿。"后来我拥有四种版本的《蒙古秘史》,大都如此开头:当初元朝人的祖先是天生一个苍色的狼,与一个惨白色的鹿相配了,同渡过腾汲思名字的水,来到位于斡难名字的河源头,不儿罕名字的山前住着,产了一个人,名字唤作巴塔赤罕。这就是大漠草原给我的最初印象,读完这句话,我就取钱买下,我无法读第二句,就已经进入迷醉状态。从阿合买提江大街走到斯大林大街走到汉人街,走到有名的清真寺陕西大寺,西天山的夏天,阳光瀑布般喷射。好多年后我在长篇《生命树》中把西天山伊犁河谷的阳光形容为太阳雨,西北以及中亚对暴雨的称呼为白雨,阳光炽热到极端状态就是这种电光闪烁的浩瀚无垠的炽白。好多年后回到陕西我写下了短篇《美丽奴羊》《过冬》《奔马》《鹰影》《靴子》。《人民文学》《山花》《作家》重点推出时,李敬泽写的评论《飞翔的红柯》如此结尾:"关于红柯的语言,关于那些奇崛的比喻和通感,我似乎不必饶舌,因为据我所知,所有读过红柯小说的人对此都像挨了一顿痛揍一样印象深刻。"追根溯源,这种被打晕的感觉始于1986年8月初的伊犁河谷,那本古老的《蒙古秘史》。成吉思汗的二儿子察合台当年修筑了西天山通往伊犁河谷的果子沟通道,察合台汗国的都城就在伊犁霍城阿力麻里,即苹果城的意思,后来我专门写了小说《阿力麻里》。苍狼与鹿相交生下草原英雄,这种野性思维远远超过列维-布留尔的《原始思维》和列维-斯特劳斯的

《野性的思维》，最初启动我西上天山的斯文·赫定的《亚洲腹地旅行记》也不能与之相比。9月初开学，我落脚小城奎屯。技工学校的图书馆大多都是实用性很强的技术书，文学书不多，但有不少内地大学图书馆也无法看到的少数民族图书，我看到了《福乐智慧》，这是打开我眼界的第二本西域名著。这两本巨著完全改变了我的视野，我开始有意识地收集购买草原游牧民族的神话史诗传说，民间故事歌谣《玛纳斯》《江格尔》《格萨尔王传》，包括周边国家的典籍，包括欧洲的民族史诗《伊戈尔远征记》《罗兰之歌》《尼伯龙根之歌》《熙德之歌》《贝奥武甫》《埃达》《尼亚尔传说》，印度的《罗摩衍那》《摩诃婆罗多》《五十奥义书》，波斯的《王书》，格鲁吉亚的《虎皮武士》等。我执教的伊犁州技工学校不以课堂教学为主，大多时间都在野外实习，我就有时间漫游天山，跑遍天山南北，等于变相的田野考察，十年之久，收获很大。

1995年底举家迁回陕西老家，执教于母校宝鸡文理学院，1998年陕西省教育厅批准我的"草原文化研究"课题，教学科研创作互动互补收效极大。一百多万字的有关西域大漠草原的小说学术随笔在全国各大重要期刊发表，收入各种权威选刊选本，《光明日报》称之为"一场冲天而起的沙暴"。2000年我又有机会参加中国青年出版社组织的"走马黄河"活动，我专门负责考察黄河中上游各民族民间文化，从青藏高原到黄土高原到内蒙古大草原。我的祖父曾是一位抗战老兵，在内蒙古跟随傅作义将军抗战八年,我的父亲曾是二野一名老兵,在青藏高原五六年,我终于有机会去考察祖父的内蒙古草原和父亲的青藏高原,加上我本人生活了十年的天山大漠,中国西部草原游牧民族全部进入我的生活,成为我生命的一部分。2004年底,我迁居西安,执教于陕西师范大学,到了丝绸之路的起点。"天山系列"延伸到"天山—关中丝路系列"八百多万字的文学世界。从2005年开始我招收"中国少数民族文学"硕士研究生,开三门课,专业必修课"中国少数民族文学史",专业选修课"中国少数民族经典导读"与"中国少数民族文化与哲学"。教学科研创作良性互动,收效最大的是创作,但创作一直处于业余,我是职业教师,教龄近三十年。

欧洲学者把来自大兴安岭阿尔泰山至高加索山的游牧民族称为上帝之鞭,来拷打人类,同时也称他们为滞留在晨曦与黎明中的民族,无法度过中午,更不可能堕入黄昏或者黑夜。从匈奴王阿提拉到成吉思汗及其子孙,给欧亚留下的是一张张"火红的面孔",如同天神一般具有无限的勇气与生命力。德国民族史诗《尼伯龙根之歌》中的匈奴王艾柴尔就是中国史书上的阿提拉,曾经把罗马帝国打得落花流水的日耳曼勇士面对匈奴大军噤若寒蝉,历史上的阿提拉兵临罗马城下,罗马人送一美丽女子,阿提拉与罗马新娘共度良宵突然死去。《尼伯龙根之歌》中的日耳曼人也是以美人相邀诱艾柴尔上套。"日耳曼"译成汉语就是"勇敢的战士"之意,日耳曼人骁勇善战世人皆知,罗马人更是武功盖世,但也上演了一幕幕中国历史上反复出现的公主出塞。中西方世界的文明中心面对北方蛮族都是这样以美女和亲来化解战争。一个关中子弟西上天山,所见所闻所观所志所思可是太深刻了。1998年我的第一本小说集《美丽奴羊》出版时,崔道怡老师以《奔驰的黑马》为序,内容提要有一句:"这是一个陕西人眼中的西域。"关中自古就是周秦汉唐的故地,大西北伸向中原的桥头堡,丝绸之路的起点,北方游牧民族与中原农耕民族的交汇点,胡汉交融的大熔炉。陕西师大历史系孙达人教授最早提出"历史跳跃式发展论",孙教授认为人类历史运动的基本步伐从纵向看绝不是按部就班、循序渐进的,从横向看也绝不是平衡发展的,而总是以先进变落后、落后转先进的形式,跳跃式前进。关中历史上的三次崛起就是如此,最初周人受夷狄压迫,几经转战最后在岐山脚下周原落脚,相对于殷商的高度繁华,西戎之地是相当落后的,所谓西伯侯就是掌管西北诸多小方国,周人苦心经营以落后变先进,所谓殷人敬鬼神,周人尚德敬天保民,周人摆脱了巫神,最终克商。笔者作为周人之后,在天山脚下把《诗经》中的周人史诗《大明》《绵》《生民》《公刘》《皇矣》与《江格尔》《玛纳斯》《格萨尔王传》放在一起重新阅读时,对岑仲勉先生的观点深信不疑,岑仲勉先生认为:周人来自塔里木盆地。笔者在大漠绿洲见识了原始农业是怎么一回事,"周"就是"田"中长出的庄稼,就是"井田",凿井取水方可生存,西域坎儿井就是这么来的,离开故土叫背井离乡，张骞通西域叫"凿空"，只有干旱缺水的大西北，人们对打井的记忆特别深刻，打井太不容易了，高原以及大漠都是凿。关中的第二次崛起就是秦汉，秦人从渭河上游西县崛起，最初山东六国就把秦人当西戎，不是一般的落后。周秦基本一致，农耕游牧混杂诞生一种罕见的新生力量，沿渭河东下席卷天下。关中第三次崛起就更了不起了，北方少数民族南下，加上魏晋南北朝几百年的前期准备，最终是鲜卑北魏全方位汉化，隋唐杨氏、李氏皇族基本上是汉人与鲜卑混血形成的强大无比的关陇政治军事集团，中国封建社会走向黄金时代——盛唐，长安成为国际性大都市，人口百万，波斯人、阿拉伯人定居长安的有几十万，儒道释并举，谁也不独尊，伊斯兰教、基督教也纷纷入长安，化觉巷清真寺、大学习巷清真寺、景教碑保存至今。中国台湾学者蒋勋先生把唐朝称为中国历史上的一次野游，农业文明中罕见的那么浓烈的游牧气息。被称为孤篇压倒全唐的《春江花月夜》核心就是对青春的赞美，晨曦、曙光、朝霞、少年、青春、骏马、生命、爱情以及巨大的想象力贯穿整个唐代文明。胡汉的游牧与农耕完美结合。宋元明清，中国历史从东西走向转为南北走向，整个民族步入老年，青春不再。清王朝灭亡之际梁启超大声疾呼"少年中国"，梁启超甚至感叹：中国自古儿女情长多，风云男儿少。一身英雄气的关中五陵少年已成为过眼云烟。尼采对马丁·路德的宗教改革持有异议，尼采认为在当时的德国，宗教还没有彻底腐烂，宗教改革反而让德国保留了全欧洲最完整的宗教体系,不像意大利、英国、法国宗教集团彻底腐烂掉,堕入地狱,新的生命新的社会力量才有可能崛起。中世纪最后一位诗人、新世纪第一位诗人但丁在写《神曲》之前就写过《新生》,充满对青春对新生命的无限渴望,少年时代暗恋的威尼斯少女贝雅特丽齐成为诗人上天入地的引路人,后来的歌德、普希金、托尔斯泰都是如此,塑造出一大批充满青春与生命气息的少女、少妇形象。

农耕与游牧业与工商业的最大区别是:农耕是静态的。庄稼从播种生长到收获固定于一地,对节气的掌握很重要,一年四季二十四节气经验很重要,中老年人几乎都是农业专家,是大地真正的主人,农耕生活方式中对老年的崇尚敬仰天经地义,形成的主体文化儒家文化就是最有尊老情怀的。游牧生活逐水草而居,一年几次转场,包括驯马,青壮年才能胜任。遇到天灾,就要转场几百公里上千公里,甚至几千公里。游牧民族没有国境意识,哪里有草奔向哪里,为争草场不惜动刀枪发生决战,否则牲畜倒毙,整个民族就灭亡了。战争与流动需要强力者需要勇士,最好的食物装备必须给战士,强力即权威。工商业亦如此,我们就会明白那达慕大会三项比赛——射箭、摔跤、赛马,全是青壮少年,没有老年人的份,而赛马连大人都不行,全是十二三岁的孩子。笔者1987年7月在赛里木湖畔观看蒙古族哈萨克族那达慕大会,赛马冠军是一个十二三岁的初中生,夺冠下来爷爷、爸爸、老师把他当作神一样抬起来，孩子昂首阔步骄傲自豪得跟公鸡一样，大家都把他当英雄。要在内地，大人们会告诫他不要骄傲，越有成绩越要夹紧尾巴做人。你就会明白我们的古典文学中为何没有童话、科幻、儿童文学，这几种文学都是给孩子的，核心词就是想象力，想象力是一种伟大的创造力。这种童心未泯充满朝气与生命力的元素也是唐诗的关键。唐诗充满想象力，而宋词长于抒情，核心是情。笔者专门给本科生开一门选修课"文学与人生"，其中一章专讲童话、神话、科幻与儿童文学，孩童所特有的好奇心、猎奇心，求奇、求新正是人类追求、探寻宇宙天地万物以及生命奥秘的关键，许多天才的艺术家、科学家直到晚年还保持着巨大的创造力，就因为他们童心未泯，一旦他们身上这种童心、好奇心消失了、麻木了、守旧了、保守了，他们的创造力也就消失了。五四新文化运动有三大发现：发现了人，发现了妇女，发现了儿童。鲁迅借狂人之口救救孩子，我们可以理解为对新生命的召唤，古老民族的新生。我们吸收欧美文化的同时，也应该把目光投向西部，投向高原大漠草原瀚海，草原文化有一种不亚于欧美文化的健康元素，从大兴安岭到阿尔泰山、天山到青藏高原正是人类学、民族学所称道的中国北方游牧民族史诗带，即《江格尔》《玛纳斯》《格萨尔王传》的诞生之地，完全不同于《荷马史诗》，不同于英、法、德、西班牙与印度史诗的活史诗，那些史诗一经产生就固定下来不再发展变化，而中国的三大史诗，有开始没结尾，与民族共存亡。这是中国少数民族给中华民族的伟大贡献，从诞生到现在充满无限的朝气与活力。回到 1986 年 8 月初的西天山伊犁河谷，在中亚腹地瀑布般的阳光下，我翻到《蒙古秘史》的第一页，读到第一句时我就晕了，那强烈的生命气息让人类回到了童年，回到了太初有为的黄金时代。蒙古的原始含义就是火焰，就是从柔弱到强大。成吉思汗大军的军歌就是："我们的军队是群羊，翻山过海万里长。敌人好像是草场，我们一定会把他们吃得精光。"《人民文学》1997 年 4 期发表我的小说《美丽奴羊》，一个细节就是羊在戈壁滩的石头缝里跟渔民钓鱼一样钓出一棵棵青草。草原的底色是羊不是狼，"狼图腾"是内地汉人对草原的变态想象，征服了世界的蒙古人更不是内地人推测的那样凶悍无比，而是那么淳朴谦逊和善温情，看到草原人的善良才真正了解了草原大漠。

汉长安与骆驼神话

2004年底迁居西安,快十年了,西安南郊大小雁塔、曲江全是唐长安的遗址。老家岐山地处关中西部宝鸡地区,即古老的周原,回老家去西郊长途汽车站赶班车,必过西郊大庆路丝路群雕,因为在天山十年的缘故,每见到丝路群雕中雄壮的石骆驼就会想到丝绸之路。每周日早晨古董贩子书贩子云集于西安东门外的八仙庵,隔三岔五去淘旧书算是一大乐事。若有朋自远方来,就相邀去城墙内广济街回民街品尝清真小吃,再拐向大皮院、化觉巷参观中国最古老的清真大寺,一千多年前唐代的清真寺。陕西回民沿丝绸之路向中亚腹地迁徙时,把在乌鲁木齐和伊犁、哈萨克斯坦、吉尔吉斯斯坦以及李白出生的托克马克修建的清真寺一律叫陕西大寺。很少去北郊,最远就是火车站附近北门外的大明宫遗址。北郊未央区对我来说都是史书上所记载的秦阿房宫、汉未央宫。2014年9月初有机会去北郊看汉长安遗址,坐地铁到钟

45

楼进入市中心，再到西华门坐 238 路公交车跑整整两个小时到汉长安遗址。下车时问司机公共汽车多长时间来一趟，司机告诉我大概一小时一趟。汉长安遗址临近渭河，属于肥沃的河滩地带，陕西人把这片沃土叫关中的白菜心心。大秦王朝当年从咸阳东扩，已经把新城区从渭河北岸延伸到辽阔的河南。秦太短暂，只在河南修了离宫，项羽焚毁的是河北的主城区。楚汉决战，韩信在前线猛攻，萧何经营关中，发关中兵及粮草，刘邦屡败屡战，死缠硬磨耗尽了项王的元气。萧何另一壮举就是在秦的离宫所在地王气十足的龙首原上修建未央宫，让刘邦感受到了做皇帝的尊贵和威仪。汉武帝时，张骞就是从未央宫前向西凿通西域的。西安西郊大庆路上的丝路群雕只是一个标志，丝绸之路确切的出发点应该在汉长安未央宫。汉长安未央宫如今只剩下几截黄土夯筑的城墙根，两千三百年的风霜雨雪，留下的残余部分依然散发着远古的雄风。展厅里有瓦当有陶俑有大气磅礴的空心砖。我对骆驼更感兴趣。1984 年秋天，大四第一学期，我在宝鸡购得上海书店刚刚出版的繁体字竖行排印的斯文·赫定的《亚洲腹地旅行记》。最先吸引我的是这本书的封面，黑白相间中一匹挂着铃铛的骆驼，驼峰上的赫定状如骆驼，可谓形神兼备，封面的汉字为深红色，古朴大气犹如汉代石刻画与画像石。1985 年大学毕业留校任教，1986 年秋天我携带大学时购买的一千册书，包括斯文·赫定的《亚洲腹地旅行记》、马坚先生翻译的《古兰经》、范长江的

《塞上行》《中国的西北角》以及波斯诗人萨迪的《蔷薇园》《果园》和哈菲兹的诗选,沿丝绸之路西上天山。萨迪说过:一个诗人应该前三十年漫游天下,后三十年写作。中国古代,尤其是唐代诗人都有壮游天下的传统,所谓"读万卷书,行万里路",跟波斯诗人所见略同。古长安曾经云集了多少波斯、阿拉伯的商人学者,今天的西安依然保留着波斯、阿拉伯文化的痕迹。关中与西域血脉相通。周穆王曾漫游昆仑,与西王母相会,周人就来自塔里木盆地,《穆天子传》算是周人的怀乡之书。周公筑洛阳,"宅兹中国",周人东迁彻底告别大西北彻底中原化了。去年上海文艺出版社出版的我的长篇《百鸟朝凤》就是写故乡岐山,核心就是青铜器。周人逃离家园时把青铜礼器全埋在地下。汉朝重振旧山河,不再是天子巡游,而是张骞这样的孤胆英雄,一百多人的外交使团,几经周折,十三年后回到长安时只剩下甘父相随,甘父本是降汉的匈奴人。张骞两次出使西域,前后三十年,匈奴女人与他生有一子。《史记》记载:"骞为人强力,宽大信人,蛮夷爱之。"草原民族有英雄意识,有英雄气的血性汉子不分民族人人敬仰。那是个大时代、英雄时代,凿通西域的张骞,牧羊北海十九年的苏武,血战数月斩杀数万匈奴将士,绝境中投降匈奴的李陵及余部娶匈奴女人,后来形成北方草原新兴民族黠戛斯,唐时灭了回鹘汗国称雄漠北,黠戛斯即后来的柯尔克孜族,与中亚吉尔吉斯为同一民族,创造了史诗《玛纳斯》,诞生了艾特玛托夫。我曾在《收获》

发表中篇《复活的玛纳斯》，柯尔克孜即四十个少女，典型的胡汉混血民族，《山国女王库尔曼江和她的时代》一书中把李陵称为他们的祖先，被汉军俘获的匈奴王子金日磾，成为汉武帝的托孤大臣。汉匈交战攻伐的同时，也是另一种文化的交融与吸收。国民党元老邹鲁《邹鲁回忆录》中记录他游历欧洲时在匈牙利与匈牙利学者交谈，匈牙利学者说：夏商周，匈人与汉人共中国，秦筑长城，始判为二。长城仅仅是中国农业与牧业的分界线，完整的中国其另一半在长城外在瀚海，张骞走出了长城走出了阳关。

西域十年，笔者深切地体验到大漠草原民族的率真豪气，陌生人相逢，几杯酒下去顿成知己。关中地处大西北，相当于伸向中原的桥头堡，也是游牧民族与农耕民族的交会处，历史上的民族大融合，重点在关中，关中简直就是一座大熔炉，北方少数民族南下，最终是鲜卑北魏的彻底汉化，形成强大的关陇集团，诞生了伟大的隋唐王朝，李世民家族就有一半鲜卑血统。究其源头，应该是张骞凿通西域的功劳。关中文化基因就是一种开放姿态，容纳各种文明，从五胡到延伸万里的丝绸之路，波斯文明、印度文明、阿拉伯文明，包括罗马的基督教文明。直到近代，这种开放性包容性的古风依然充满生机。陕西文学第一代领军人物柳青，是陕北吴堡人，大多数吴堡人都是明代江南吴地移民，柳青身上有江南血脉，江南的细腻与北方高原的粗犷造就了一代文宗。另一位短篇小说大师王汶石是山西人，秦晋隔河相望，皆属黄土高原。

其他艺术门类的大师就更多了,长安画派的领军人物石鲁是四川人,赵望云是河北人,何海霞,满族,北京人。他们落脚关中,一手伸向生活,一手伸向传统,创立崭新的长安画派。秦腔大师魏长生是四川人,大西北各族民众喜爱的秦腔艺术被这个四川人推向顶峰。秦始皇和汉武帝聚天下豪强于咸阳于茂陵,汉唐时的五陵少年应该是天下豪强之精华。欧洲的崛起是从哥伦布发现新大陆开始的,而人类历史上最早的新大陆的发现者应该是张骞,张骞泅渡的是茫茫瀚海,更让人惊叹的是张骞开通的丝绸之路给沿线人民带来了繁荣与富足,中原的丝绸、瓷器、漆器、药材输往西域,西域的葡萄、西瓜、苜蓿、石榴进入中原。哥伦布给欧洲人带回了财富和市场,给美洲的原住民带来了灾难,美国学者在《枪炮、病菌与钢铁》一书中有详尽的描写。19 世纪 70 年代,德国地理学家李希霍芬来到中国考察后写了一本书《中国》,正式提出"丝绸之路"这个术语。李希霍芬的学生、瑞典人斯文·赫定比老师走得更远,终身未婚,五次来中国,最长的一次达九年,最后一次来中国时快七十岁了,帮助国民政府勘测从中原到新疆的铁路线。斯文·赫定是清末民初来中国边疆探险考察的洋人中对中国最友好的一位。欧美包括日本的探险家们在西域瀚海总是想到伟大的张骞和玄奘。在天山脚下读这些探险家的著作我感慨万千,我们的探险家都在古代,都在汉唐,到了大清王朝,边疆成了流放地,纪晓岚到了乌鲁木齐,洪亮吉、林则徐到了伊犁,也是坐着牛马车晃晃悠悠大半年，再也没有张骞、班超、玄奘、苏武的豪气了。泅渡瀚海，马都不行，一定要骆驼。这也是长安成为丝绸之路起点的关键所在。中原大战，冯玉祥西北军在甘肃征几千峰骆驼，到西安还好好的，出潼关到洛阳全死掉了，沙漠之舟最远只能到长安。我们可以想象前后三十年穿梭于瀚海的张骞已经跟骆驼融为一体了，彻底地骆驼化了。司马迁《史记》所谓："骞为人强力，宽大信人，蛮夷爱之。"简直是对骆驼的刻画。骆驼吃苦耐劳的韧性尤其是耐干旱的能力，作为农耕民族象征的牛都不能与之相比，骆驼的脑袋跟马脑袋一样俊美，骆驼的眼睛跟羊眼睛一样深情，骆驼兼备了大漠草原牲畜诸多优点，也兼备了中原农耕地区诸多牲畜的优点，如果真把戈壁沙漠看成滔滔瀚海的话，骆驼可谓水陆两栖动物，神勇无比。张骞第一次出使西域十三年，归来时长安都轰动了，长安百姓、满朝文武及汉武帝见到的是一个罕见的骆驼。张骞再次出使西域，骆驼就不再稀奇了，骆驼包括骆驼驮来的西域宝贝已经进入汉人的日常生活。张骞出使西域前后三十年，几代人享用过的东西再寻常不过了。我们今天见到的汉朝瓦当、空心砖、石刻、石像画，种种器物无不充满淳朴粗犷、厚重大气的品质与风格，我以为都是骆驼的气质透入了汉人的血液与心灵。骆驼成功地焊接了西域与中原、农耕与游牧、骑手与农夫，所有汉代的器物都带有骆驼蹄子与嘴唇所特有的丰厚，也带有骆驼宽阔雄壮的腰背所特有的下垂中包含着的巨大升腾而起的伟力。霍去病墓前的马踏匈奴的石马全是往下垂的,垂放收敛中自有一股雄浑的力量,静立中自有一种博大的动,一种整体的气势。如李泽厚所言:没有细节,没有修饰……突出的是高度夸张的形体姿态,是手舞足蹈的大动作,是异常单纯简洁的整体形象。"在汉代艺术中,运动、力量、'气势'就是它的本质。"(《美的历程》)气势来自速度,来自"笨拙",精致不会产生气势。过于精致是一种不自信的表现。瀚海的粗犷大气融入中原,最终成为一种审美趣味。笔者在西域十年,在准噶尔盆地第一次见识沙尘暴席卷而来,盆地底部干裂的沟壑都被狂风吹响了,惊恐中我真正体验到什么叫气势,什么叫大气磅礴。后来去阿尔泰,途经乌尔禾魔鬼城,那些史前动物一样的雅丹地貌在大风中鸣叫长啸,天风吹响大地,我马上想到中原老家的笛子、箫以及鸡蛋大的埙。后来我写散文《大自然与大生命》,写长篇《乌尔禾》,让羊跟骆驼一样横渡沙漠瀚海,渡过瀚海的羊,牧人们叫它永生羊,不能杀掉去吃,要放生,永生羊是通神的。西域归来,我的小说在《人民文学》推出时,李敬泽最早写了评论《飞翔的红柯》,其中一个关键词是:速度,这正是西域瀚海给我的恩赐。李泽厚比较了汉唐宋画像石和陶俑,唐俑也威武雄壮,但缺少气势,太过华丽鲜艳;宋画像石细微工整精致,但气势与生命的质感与汉代不能相比。"天山系列"中《西去的骑手》写英雄与鸟,《大河》写阿尔泰人与熊,《乌尔禾》写少年与羊,《生命树》写树与女人。我最心仪的骆驼只能在我人到中年的时候,经历了种种磨难,以长篇《喀拉布风暴》来完成,旨在打通天山与关中。陕西关中人张子鱼西上天山,新疆精河人孟凯东进西安。一般人都知道西安,而偏远的精河另有一番魅力,相传蒙古王爷的妃子不慎落入河中有了身孕,西域这种生命力极强的河流很多,比如阿尔泰的额尔齐斯河,比如让猪八戒怀孕的子母河,精河更威猛罢了。如此河水浇灌的大地,沙漠深处生长罕见的地精,都是动物的精液与植物种子结合而成的,其中骆驼的精液所生的地精几近人形,不但沟通人类的各个民族,还沟通天地万物,神人一体。陀思妥耶夫斯基也是在中亚草原额尔齐斯河边罕见的暴风雪中体验到上帝与人同在的,巴赫金也是在中亚的大漠草原领悟到陀思妥耶夫斯基小说魅力的,所谓复调,应该是各种生命的合唱,是人与他者共鸣后的和弦,最终形成浩大的旋律,而不是简单肤浅的节奏。

丝绸之路
——人类的大地之歌

张骞"凿空"西域之前,先秦时代就有周穆王西上昆仑山会西王母的故事,《穆天子传》有详尽的记载。周穆王与西王母相会主要是以中原的丝绸换西域的玉石,玉出昆冈,昆仑玉历来都是玉中上品。丝绸之路也叫玉石之路。可见,在张骞出使西域之前,中原与西域就有贸易往来,这条东西文明交流的大道最早是一条商道。直到1877年德国地理学家李希霍芬在他的巨著《中国》中最早提出"丝绸之路"这一术语,不久,另一位德国汉学家阿尔伯特·赫尔曼1910年正式使用这个术语并且以此作为他的书名——《中国与叙利亚之间的古代丝绸之路》。丝绸之路被人们广泛使用。

在丝绸之路(玉石之路)的商道之外,留给我们更多的是文化的意义。首先,这是一条古代中国的神话之路。记录周穆王西域探险活动的《穆天子传》与《山海经》一直被看作中国远古神话故事,也是中国古代仅有的两部相对比较完整的神话故事集。中国古代神话基本上都保留在先秦时代,给先秦画上句号的司马迁的《史记》与西方历史学之父希罗多德的《历史》,在记录历史事件、历史人物的同时也记录了许多荒诞不经的神话传说,而那些历史人物也常常人神不分。汉武帝董仲舒独尊儒术以后,神话退出中国主流文化,散落民间。五四新文化运动以后,茅盾写了《神话研究》,袁珂先生倾其一生研究整理中国古代神话。最动人的就是昆仑神话。在古代中原人的意识里母亲河黄河源自昆仑山,张骞出使西域另一使命就是探寻河源。张骞考察的结果与传说中的河源高度一致,源自昆仑山的叶尔羌河、玉龙喀什河、喀拉喀什河、阿克苏河注入塔里木河,与源自天山的孔雀河汇聚罗布泊,罗布泊潜入地下几千里又从青海巴颜喀拉山冒出形成黄河呼啸而下,九曲十八弯,每个拐弯处都形成肥沃的平原,越靠近大海,平原越辽阔越肥沃,这就是古老的中原。

　　不但黄河源自西域昆仑,大西北黄土高原的黄土也源自西域大漠。还是那个提出"丝绸之路"术语的李希霍芬,同时提出中国北方黄土高原的黄土属于次生黄土,原生黄土在昆仑山下,随风满地石乱走的大风吹荡黄土几万里,积淀形成陕甘一带厚达几百米的黄土层。笔者行走天山十年,作为一名技工学校的教师带学生实习跑遍天山南北,穿行于群山达坂、戈壁沙漠、荒原绿洲之间,见识了山前坚硬如岩石的原生黄土、巨石、乱石、沙砾、沙丘、荒漠直到有人类气息的可以生长万物的次生黄土。笔者专门写过一篇短文《泥土》，亲自体验到泥土是有生命的，万物生而有翼，万物有灵，万物有神性。笔者甚至相信庄子笔下那个展翅九万里扶摇直上的鲲鹏大鸟就是地理学家李希霍芬在中国的大地上以德意志民族的严谨考察证实了的黄土。笔者一直对岑仲勉先生的观点——周人来自塔里木盆地深信不疑，作为周人之后，笔者一直相信当年公刘率周人不是从邠迁豳，而是从塔里木盆地东北边缘的敦煌迁邠又迁豳，古公亶父率部族从豳迁岐，改掉戎狄习俗，完成从游牧到农耕的转变。周人早在塔里木盆地就开始了人类历史上最早的绿洲农业，后几经周折落脚岐山，只是顺风顺水而行罢了。《诗经》里的《公刘》《绵》《皇矣》《大明》《生民》就是周人的民族史诗，完全可以跟他们祖先生活过的西域大地的史诗《玛纳斯》《江格尔》相媲美，这些民族史诗都有浓厚的神话色彩。

对中国人来说，昆仑就是神仙的居所，跟古希腊神话中众神群聚的奥林匹斯山一样。有意思的是，中国古代伟大的巨著《诗经》《离骚》《史记》《红楼梦》都有神话色彩。鲁迅先生在五四那个大时代，先高声《呐喊》，然后陷入孤独的《彷徨》，最后只能在先秦那个大时代重述神话——《故事新编》。笔者受此启发，西上天山十年，居宝鸡十年，迁西安十年，三十年间沿天山—祁连山—秦岭古丝绸之路奔波。笔者的天山—关中丝绸之路系列中的六部长篇都有神话故事，《西去的骑手》写英雄与马，《大河》写女人与熊,《乌尔禾》写少年与羊,《生命树》写哈萨克创世神话与陕北剪纸艺术生命树,《喀拉布风暴》写骆驼与地精,《少女萨吾尔登》写天鹅与天山雪莲,刚完成的新作《太阳深处的火焰》写大漠红柳与关中皮影。笔者的故乡岐山就是《封神演义》的原发地,这些助周灭商的神仙的神迹在古老的周原都有据可查,土行孙洞、黄河阵、闻太师断魂崖就在笔者村子附近。《玛纳斯》研究专家郎樱教授把中国北方草原称为活的史诗带,兴起于关中的周人史诗《穆天子传》、神话《封神演义》,把北方草原民族史诗带与丝绸之路紧紧拉在一起,丝绸之路就是中国神话史诗之路。

张骞出使西域十三年,以惊人的毅力把神话变为现实。自张骞之后,丝绸之路高僧商贾源源不断,长安为国际性大都市。周秦汉唐不是纯粹的农耕时代,神农氏、炎帝、后稷这些中国最早的农艺师在秦岭渭河谷地尝百草,开创了中国的原始农业,关中成为古代中国最早的农业区,成为天府之国。建都立国之后,很快就从土地走向大地,沿秦岭向东向西向北向南:北达大漠;南至岭南;东到大海;向西,与秦岭一脉相承的祁连山、天山从来都是亚欧大陆腹地最好的天然牧场,匈奴离开祁连山时那么悲伤——"失我祁连山,使我六畜不蕃息;失我焉支山,使我妇女无颜色"。天山被草原民族视为上天所赐的汗腾格里,笔者写过一篇文章《龙脉》,把秦岭—祁连山—天山连在一起,称之为"龙脉",龙脉下的大城—王城—圣城,才能成为长治久安的长安,才能成为散出光芒万丈具有无限生命力的丝绸之路的起点,才能把这种洪荒之力和生命的伟力喷射到西域直达地中海畔的罗马。从土地走向大地走向旷野,才是生命的大气象。土地是精耕细作的庄稼地,一片片农田以及封闭的村庄。笔者大学毕业后离开关中老家西上天山,在大漠瀚海间的岛屿般的人类生活的绿洲上突然意识到大地的真正含义;初到西域,曾让我这个关中子弟感到恐惧的戈壁、沙漠、荒漠已经成为我生命的一部分,我这个农家子弟的生命里慢慢融入了飞沙走石,在农田之外、在泥土之外的沙子石头也是人类生活的一部分。大学时我那么喜欢惠特曼和聂鲁达是有道理的。《草叶集》与《让那伐木者醒来》《大地上的居所》《马丘比丘之巅》就是人类的大地之歌,充满一种野性的力量与崇高之美。刘大杰在《中国文学发展史》论述唐代文学时写道:岑参最初的诗歌就是王维那种静谧的田园山水诗,而他到了西域大漠,诗风大变,完成了从中原静态的田园山水诗到草原大漠血气飞扬的动态生命的大转变。祖籍西安的台湾学者蒋勋认为唐朝在中国历史上是一次生命的"野宴",整个王朝从皇族到民间的生活方式都有浓厚的游牧民族气息。长安城里就有数万波斯、阿拉伯、粟特商人,加上日本留学生,是真正的国际大都市。皇室本身就有鲜卑血统,文武百官胡人很多,皇帝既是中原天子,也是草原的可汗,被称为"天可汗"。出生于中亚碎叶西天山的李白,五岁时随父迁居中原,见识了完整的天山—祁连山—秦岭这条巨龙一样的龙脉。笔者在《天才之境》中专门写李白，李白来自天界，来自昆仑神坛，贺知章初见李白称之为"谪仙人"，天降李白就是给汉语注入宇宙天地的神力，真正的盛唐之音。文化就是中国人的精神家园。杜甫属于耶稣受难式的苦难歌者，李白则是融天地万物于一体的大地歌手，李白最后的诗歌《菩萨蛮》"何处是归程？长亭更短亭"，被奥地利音乐家马勒谱成交响乐《大地之歌》。唐以后中国的重心移向东南，从大地萎缩到土地。周秦汉唐诗酒血性的大生命转变成淡而无味的茶时代，你很难想象驰骋于大地上的歌手与骑手放下葡萄美酒和烈酒端起指甲盖大小的茶盅会是什么样子。

公元840年，助唐平定安史之乱的回鹘汗国内讧加上天灾被叶尼塞河流域的黠戛斯人摧毁，回鹘人离开蒙古高原南迁西域。十年大迁徙中，融合了沿途的各个民族，完成了从游牧到定居的转变。丝绸之路已经开通两千多年，丝绸之路沿线的手工业、种植业、商业十分发达，落脚丝绸之路百年后的喀喇汗王朝经济文化高度繁荣，公元11世纪诞生了两个文化巨人——马合木德·喀什噶里和尤素甫·哈斯·哈吉甫。马合木德·喀什噶里在《突厥语词典》里把中原称为上秦，把西域称为中秦，西域以西为下秦，从长安到罗马的丝绸之路统统称为秦。喀喇汗王朝的国都喀什噶尔就是玉石集中之地的意思，喀什就是玉，昆仑产玉；长安南郊蓝田也产玉，而且是女娲造人炼石补天的地方，是六七千年前半坡人建村立寨造陶器的地方,是一百一十万年前公王岭蓝田猿人直立渔猎从猿到人的地方;玉在古代中国是一种精神和气质,丝绸之路之前的玉石之路完全是中原与西域的心灵沟通与精神交流之路。《突厥语词典》把突厥语提升到与阿拉伯语、波斯语并列的位置,为明末清初王岱舆、刘智、马德新这几大回儒的学说打下了基础。西安大学习巷清真寺已有一千多年的历史。尤素甫·哈斯·哈吉甫与北宋大儒张载是同代人,张载的"为天地立心,为生民立命,为往圣继绝学,为万世开太平","民胞物与"的思想,与尤素甫·哈斯·哈吉甫的《福乐智慧》高度一致;《福乐智慧》就是追求幸福的智慧、人生的意义,治国理念以人民的幸福为宗旨。《福乐智慧》是献给喀喇汗王朝的治国策,喀喇汗王朝的国王自称桃花石汗,意即中原的国王,一直与中原的宋王朝保持朝贡关系。宋、辽、夏三足鼎立的时代,西域与中原在文化上遥相呼应。《福乐智慧》也被称为西域的《论语》。

西域尤其是塔里木盆地,一直是中华文明、印度文明、希腊文明、伊斯兰文明四大文明交汇之地。罗布泊的太阳墓地有最初的塞人、吐火罗人、大月氏人及后来的吐蕃人、汉人、匈奴人、蒙古人,各个种族各个民族融合一体。清末民初,西方探险家们云集塔里木盆地,把塔里木盆地看作人类文明的摇篮,最有名的斯文·赫定众多著作中有一本名为《丝绸之路》,其中写道:中国人重新开通丝绸之路之日就是这个古老民族复兴之时。1933 年赫

59

定建议民国政府修建内地到新疆的铁路，加强与新疆的联系，这种真知灼见让笔者大为感动，赫定因此也成为《西去的骑手》与《喀拉布风暴》的主人公之一。我们永远忘不了近代寄身西域大漠的学者林则徐、洪亮吉、徐松、谢彬、黄文弼、袁复礼、杨镰们，以及倾其一生治边疆史的大师冯承钧、韩儒林、向达、常任侠们，他们是中华民族近现代的张骞、玄奘。

辑二

从黄土地走向马背

1985年大学毕业时,我在毕业留言册的第一页贴上自己的毕业照,写下一行小字:苦涩而快乐的四年。那是我的青春疯狂期,疯狂地读书,常常读通宵,一个人在教室里开长明灯,一夜一部长篇,黎明时回宿舍眯一会儿,跟贼似的轻手轻脚,但钥匙开门声还是惊醒有失眠症的舍友;几乎没有午睡;星期天,带几本书,几个馒头夹咸菜,跑到长寿山幽静的山沟里,躺在草坡上,随夜幕而归。疯狂地买书,20世纪80年代好书多啊,一个清贫的农村大学生不可能从家里获得多大资助,每月的生活费压缩到临界点,挤出的菜票卖给同学,假期的生活费可以买一捆书,毕业时购书千册装了十五箱。这种清贫的青春期是我最快乐的回忆。疯狂地写诗,我们有诗社,编印一本叫《长寿泉》的诗刊,一群诗疯子聚在一起,做梦也写诗,有一节课写出十首小诗。处女作发表在《宝鸡文学》一张报纸的诗歌专栏上,然后是《延河》《当代诗歌》《青年诗人》等。全是婉约风格，是戴望舒、徐志摩那种雨中丁香般的哀愁，也有些泥土味的小诗。那是我早期的文学训练。另一种感人的生活是体育，每天早晨长跑五公里，从天山脚下跑到山顶，晚上上床前做五十个俯卧撑。最痛快的是冷水浴，到水房去拎一桶凉水从头淋下，身上起一团白雾。寒冬端一盆白雪在宿舍里擦身体，白雪球在皮肤上吱吱响，舍友在被窝里发抖，我的皮肤却是一团火。现在长跑少了，冷水浴还保持着，几天不淋一次冷水浴浑身不舒服。大三时基本上不看文学了，猛读人物传记读文史资料，最早与新疆有关的回族军人马仲英让我心头一震，这位十七岁带兵打败冯玉祥所有名将的少年，后来跃马天山，差点夺了盛世才的江山，在乌鲁木齐郊外硬是把七千多苏联哥萨克砍倒在戈壁滩上。1985年购得马坚翻译的首版《古兰经》，中亚黄金草原开始吸引我。也是这一年，短篇小说《父与子》发表在兰州《金城》上，大学生活结束了。照片上的我外表平静内心疯狂。那身挺不错的西装是借同学的，我四年校园生活不修边幅，凉水冲过的头发刺猬般竖在头上。

上海一位朋友问我文学入门书是哪一本，我告诉她是《金蔷薇》。此书购于1980年，高考补习班。我很感谢这本书，在我进入大学前，它告诉我真正的写作是什么，我把它称为我的防毒面具，它使我避免了中文专业枯燥的干扰。帕乌斯托夫斯基笔下的普里什文，放弃农艺师的职业带着背囊和书到辽阔而僻静的北方去了。

1986 年秋天，我放弃高校的编辑工作带着十五箱书西行八千里来到天山北麓的小城奎屯市。这座夹在天山绿洲与戈壁之间的小城非常安静。初到的那几年，我的大部分精力是教好书，在我成为受学生欢迎的语文老师后，我重新拿起笔。远离故土，思乡心切，中篇《红原》《刺玫》是写陕西的，发在《当代作家》上。更多的篇章写校园，都是批判现实的小说，差不多有七八个中篇，发在《红岩》《当代作家》《绿洲》《湖南文学》上，也有些荒诞色彩。还有一类是先锋实验小说，发在上海《电视·电影·文学》上。

我所在的单位是伊犁哈萨克自治州直属的技工学校，我主讲语文应用文写作，兼上烹调美学、商业地理、旅游地理、商业心理、市场营销、公共关系等课程。对一个学文的人来说这些杂乱的学科很有用。同事都是学工的，汽车、车工、钳工、锅炉工，这些实用性强的科目天长日久使我感受到一种科学的准确与务实。

文学是一种生殖器，人与大地产生血缘关系才能获得一种力量。1988 年儿子诞生了，这是个新疆娃娃，意味着我在中亚腹地的大漠上有根了。黑楂楂的胡子长起来了，头发开始卷曲，我常常被误认为哈萨克人，嗓音沙哑，新疆男子都是这种大漠喉音。照片上的我是剪了胡子的，妻子一定要我收拾一下，收拾后的模样还是半胡半汉。妻子自己差不多让中亚的阳光晒成棕色，只有儿子是白净娇嫩的，这里的牛奶好啊，一层厚厚的黄油一口气吹不透,每天一公斤,沙暴和阳光对孩子构不成威胁。新疆就这样进入我的血液,在对故乡的怀恋之后,在对社会辛辣的批评之后,我的心静下来。因为群山草原和大漠是宁静的。我开始漫游在草原古老的典籍里。我的一半同事是哈萨克族、维吾尔族和蒙古族人。每年下去招生,可以去伊犁、塔城、阿尔泰。边远的山区牧场,从来没有走出大山的牧民,没有我们"文明人"所想象的烦恼和自卑,那种睿智而沉静的眼神所显示的高贵粉碎了一切文明社会和大都市的"杞人忧天"。中华文明中中原文化仅仅是一部分,还有辽阔的为人所忽视的部分。让中原让大漠进入我的文字,这种过程很艰难。我开始向北京投稿,散文和小说在《北京文学》发表。就在这时,《人民文学》的李敬泽老师建议我先把短文写好,他看中了我中篇中的一个片段,我将这个片段写成《表》。这是一种技艺的磨炼。李敬泽老师很满意,认为是1996年最好的短篇。《人民文学》不好用,他推荐给河南《莽原》。我修改《表》的时候,一个极偶然的机会可以调回陕西。当时《绿洲》的虞翔鸣老师也要调我去《绿洲》。我十年未回故乡,父母年迈该尽人子之责了。

对天山的怀恋是永恒的,哈密的黑戈壁让我灵魂出窍,再往西才知道秋天多么美丽。我是秋天进新疆的。回故乡则是寒冷的冬天,故乡真冷啊!没有暖气,还有各种莫名其妙的冷,往人心窝里搅。那是1995年冬天,全家在学院招待所龟缩一个月,我写下了《天才之境》,发表在三年后的《北京文学》上。1996年开始上课,每周九节课,带班班主任,同时带毕业班实习。听课、指导实习生,还要乘班车数小时赶回学院上课。1996年的春天就这么寒冷,我听见遥远天山的奔马嘶鸣,一个闯荡西域的汉子沙暴都奈何不了,什么没见识过?《奔马》就是这样产生的,寄给李敬泽老师,他以最快的速度在《人民文学》重点推出,《小说月报》转载,胡平老师收入《1996年全国短篇小说佳作选》。

天山就这样在我的心灵世界崛起,《人民文学》1997年、1998年、1999年连续特别推荐,1998年全国的主要文学期刊发表我的"天山系列"小说数十篇。

很感谢《绿洲》的老师们,1998年秋天他们给我机会让我重返天山,重返天山北麓赛里木湖畔的海西草原。在《金色的阿尔泰》里我情不自禁地把我自己写成中亚大地树上的一个小树枝,那个念头最早萌发在三台海子赛里木湖畔。我多少次从湖边经过,湖的北岸是乌伊公路,去伊犁的必由之路。美丽的土地将有一个有意味的形式,这就是短篇小说,我最好的短篇《美丽奴羊》收入八种权威选本,被三家选刊转载,《阿力麻里》收入《〈人民文学〉五十年精品文丛选》和《中华人民共和国五十年文学名作文库·短篇小说卷》。收入该卷的陕西有三人,王汶石、贾平凹和我。西域"天山系列"中短篇被选载的有十多篇,我的文学梦想是重现神话般的大漠世界,这仅仅是开始。介绍到国外的也主要是短篇,有《美丽奴羊》《吹牛》《奔马》《鹰影》《大漠人家》《老镢头》

等,中篇《喀纳斯湖》也被介绍到国外。

短篇一直是我难以放手的体裁,2000年后我的"天山系列"重点以长篇为主,但我仍要抽出时间写短篇过过瘾。

"天山系列"长篇共有四部:《西去的骑手》《大河》《乌尔禾》《生命树》。其中有两部起源于早年的阅读。我与新疆的缘分与阅读有关。初中时疯狂读书,读到一本没有封面的书,里边全是诗,有旧体诗,有自由诗,还有古元的木刻画,后来知道那是《革命烈士诗抄》,有一个叫穆塔里甫的维吾尔族诗人的作品一下子打动了我,当时我能读到的最伟大的诗人的作品就是李白、杜甫、普希金的诗歌,穆塔里甫的诗可以跟普希金媲美。穆塔里甫的笔名很有意思:卡衣纳奥尔凯希,译成汉语是波浪的意思。后来我写《西去的骑手》以《热什哈尔》首句"当古老的大海朝我们迸溅涌动时,我采撷了爱慕的露珠"作为小说反复回环的旋律与节奏;最初的灵感就来源于戈壁沙漠中生命的波浪,古代中原人则称西域为瀚海,石头沙子称为海洋,想象力源于生命力。后来我离开关中,执教于新疆伊犁州技工学校,穆塔里甫的家乡在伊犁尼勒克县,尼勒克是蒙古语,汉语即婴儿。穆塔里甫二十二岁被盛世才杀害,"西去的骑手"马仲英死时二十五岁,生命真的鲜美如露珠。《西去的骑手》发表在《收获》2001年4期,2002年云南人民出版社出版,江苏文艺出版社2009年再版。

长篇《大河》来源于小学时听同学讲"艾里·库尔班"的故

事。艾里·库尔班是人与熊之子，母亲做姑娘时与外婆去森林砍柴火，半路母亲解手，被熊劫持到大山深处。熊把女人关在洞中，过起了夫妻生活，生下艾里·库尔班。艾里·库尔班长大成人，母亲告诉其身世，艾里·库尔班打死熊父，与母亲回外婆家。艾里·库尔班打柴堆称人类壮举，跟拔小葱一样拔那些耸入云天的云杉、红松、白桦树，比拔柳树的鲁智深牛多了，柳树长在松软的水边嘛。与之媲美的应该是《隋唐英雄传》里的李元霸，李元霸可以把人撕成两半，艾里·库尔班撕开的可是老虎，上来一只撕一只，跟晴雯撕扇子一样。艾里·库尔班刻在小学生的脑子里了。好多年以后，我大学毕业，来到天山脚下，在伊犁州技工学校的图书馆里读到大批少数民族经典，包括神话传说、民间故事，我读到了《英雄艾里·库尔班》，渭北高原的小学时光匆匆一闪。西域十年走遍天山南北，最多的是阿尔泰。有一年秋天，在阿尔泰额尔齐斯河边，听当地人纷纷议论一只白熊，也就是北极熊，从北冰洋溯流而上，来到阿尔泰。艾里·库尔班的故事就不再是传说了，额尔齐斯河，中亚内陆唯一流到北冰洋的大河一下子被这只白熊带动起来了。2002年秋天，我有幸到鲁迅文学院脱产学习，这是我写作生涯中唯一一次集中力量写小说。我一直是业余写作，1985年大学毕业至今，每年都有几百节课，我的教龄二十六年了，是老教师了。2002年秋天，终于有了大段的时间可以从容地、自由地让一条大河从生命中流淌出来，于是有了年轻的兵团女战士，意中人被熊吃了，女兵只身进山，跟熊待了一段时间，然后心甘情愿地嫁人过日子……额尔齐斯河两岸的人们的日常生活就这样散发着古老的人性的光芒。熊成为丈夫，成为父亲，成为生命的源头之一。额尔齐斯河的源头密如星海，美不胜收。这是我写得最顺手的一部小说，9月动笔，2003年元月上旬离校的前一天完稿。算是鲁院高研班一期学习的永久性纪念。《大河》由云南人民出版社在2004年1月出版。

乌尔禾属于我居住的奎屯垦区最西北的一块小绿洲，蒙古语"套子"的意思，专门捕捉兔子，从奎屯去阿尔泰几千里的大戈壁，戈壁野兔迅如疾风，节奏极快，很像维吾尔族的达甫手鼓，这组意象组合在我脑子里酝酿十多年，2004年迁居丝绸之路的起点西安，戈壁野兔与手鼓再次响起，就是《乌尔禾》，《花城》2006年5期发表，2007年北京十月文艺出版社出版。

长篇《生命树》的灵感来自哈萨克的创世神话，地球中间长出一棵树，构成整个世界，每个人都是树上的叶子，有灵魂，完全不同于西方的卡巴拉神话与《圣经》中的生命树。西北汉族民间剪纸艺术也有动植物合二为一的生命树，我本名宏科，关中西部周秦故地人们向往五子登科的意思，立志于文学就改为红柯，愿做大漠一棵树。《生命树》，《十月·长篇小说》2010年3期发表，年底北京十月文艺出版社出版。

最新长篇《好人难做》发表在《当代》2011年3期，写陕西老家的幽默小说，西部小说总给人庄严、厚重、苦难的印象，其实西部人也很幽默，维吾尔族有阿凡提，汉族也有民间老百姓的笑声。已经有许多中国作家向卡夫卡、福克纳、马尔克斯致敬了，我必须向美国女作家弗兰纳里·奥康纳致敬。1982年秋天，大二后半学期从青海人民出版社出版的《世界小说100篇》中读到奥康纳的《好人难寻》，1986年离开关中落脚天山脚下的小城奎屯，买的第一本书就是上海译文出版社出版的当时中国最完整、最不引人注意的奥康纳小说集《公园深处》，其中最让人欲罢不能的还是那篇《好人难寻》。二十多年后我终于写了长篇《好人难做》，算是给自己一个交代。

2011年10月

一个陕西人看西域

我是个端着望远镜观察生活的人，看远不看近。最明显的例子是上大学时读波斯大诗人哈菲兹的诗，满满抄了一大本子，还意犹未尽，乘胜追击读《鲁拜集》读《王书》，但印象最深的还是哈菲兹，抒写美酒明月与美人的大师，由此而联想到李白。真正进入李白的世界是从波斯诗人哈菲兹开始的。再后来读郭沫若的《李白与杜甫》，至少明白李白诞生于中亚黄金草原；好多年以后，我来到天山脚下，给学生讲《老子》《论语》、唐诗宋词，李白讲得最多。伴随着天山牧场骏马悠扬的叫声，看着天山明月冉冉升起，也只能用心领神会来形容当时的心境。

其实李白的祖籍应该是陇西天水，与陕西宝鸡一山之隔。天水白娃娃是很有名的，肤色之白之细腻让江南人为之逊色。贺知章称李白为"谪仙人"，面白如玉的缘故。酒量大，那也是大漠草原的习性。李白是地地道道一个西北汉子。话说到这个份上，离我的故乡关中越来越近了。我刚到新疆时，刻意地说普通话，师范专业上课必须说普通话，出了教室自由交流打死我也不乐意说普通话。我生活的小城奎屯，很时髦的一座城市，居民以河南人、四川人居多，是一座移民城市。去伊犁出差，在霍城吃午饭，这里的居民基本上是新疆土著，说的竟然是陕西方言，我的陕西话脱口而出，人家就问我是尼勒克的还是特克斯的，我就说是塔城的，人家深信不疑。

在新疆待久了，才知道土著汉人都说陕西方言，可以追溯到唐朝的玄奘、西汉的张骞，甚至比丝绸之路更遥远。张骞通西域到底是政府行为，民间的交往应该更久远。对我这号说普通话比较困难的陕西人来说，在中亚大地上一下子就有了故乡的感觉。一个陕西人在西域，绝对跟山东人、河南人、上海人是不一样的，那种如鱼得水的体会太深刻了。

秦腔是陕西的地方戏，在甘青宁新叫秦剧。维吾尔族人最喜爱的角色是黑脸包公。西域尚黑，喀喇汗王朝也叫黑汗王朝，春秋战国，秦国军队的军服就是黑色，直到今天，陕西的建筑、服装依然崇尚黑色。从秦往西，依次有马秦、大秦，这个神奇的秦与黑包含着一种文化的奥秘。我第一次听到十二木卡姆时，心头一热，竟然听到了秦腔的旋律与节奏，秦腔、花儿、十二木卡姆均有一种悲怆与壮美。秦腔的最高境界不是在舞台上，不是文人化了的戏曲，是在黄土高坡，长天大野，四野无人，只有耕地的牲畜，只有干活的农具,这个农民丢下农具就开始吼起来,都是带血的声音。

岑仲勉先生认为,周朝的祖先最早活动在塔里木盆地的绿洲上,周人在那里开始了人类最原始的农业,受到外族的攻击,周人东迁,来到我的故乡岐山,即周原,周人完成了游牧到农耕的最后转变。接着是秦人,从渭河源头又步周人的后尘来到岐山,走下马背开始壮怀激烈的五百年耕战。秦文化在中国是个异数。张骞通西域有许多伟大的使命,其中之一是寻找黄河的源头,也就是寻祖寻根,张骞一直找到帕米尔高原,从叶尔羌河到塔里木河,再潜入大漠,从青海的山麓出来就成母亲河黄河了。山的那边又是长江源头,不知道跟西域水道有没有关系。相当长一段时间,中国人是相信张骞这一伟大发现的。

我更乐意称西安为古长安,这才符合我想象中的周秦汉唐。有一种说法,作家最好是用三十年时间漫游天下,后三十年安居下来潜心创作。我四十岁前,基本上处于漫游状态,居小城奎屯十年,居小城宝鸡十年,2004年年底迁入西安,也是南郊大雁塔下。雁塔广场的玄奘塑像让我流连忘返。玄奘西天取经的背后,大概也隐藏着与张骞一样的动机。这里有神话时代祖先的身影,昆仑神话、西王母、伏羲氏、女娲娘娘,女脩吞玄鸟卵产大业,姜嫄踩巨人脚印感应而生后稷,昆仑山简直就像希腊神话中众神居住的奥林匹斯山。《史记》记载,刘邦原来没有名字,刘季,刘小三嘛,起兵干大事,才有了正式名字刘邦,还要斩白蛇,还要给母亲一个玄而又玄的神话:梦中感龙体而生高祖。唐太宗李世民直接附会李耳:老子入函关留下著作,现在周至县有讲经的地方,老子继续西行,大概到中亚细亚去了,草原大漠绝对是朴而又朴的地方,也是道家的"昆仑仙境"。玄奘带回来的佛学经典对中国的影响就不用多说了。法门寺之外,还有一座藏传佛教寺院——广仁寺。唐永泰元年(765年),郭子仪平定"安史之乱",从泾川回长安,大军中有回纥将领二百多人,住在城隍庙附近,学习唐朝的法令制度与文化,这个地方就叫"大学习巷",回纥人在这里建立的清真寺就叫"西大寺",东边化觉巷的清真寺叫"东大寺",其教义由回纥人传入就叫"回教"。让我们为之神往为之心醉的唐代文明,同时也是儒道释的大融合,穆罕默德说:"学问虽远在中国,亦当求之。"这个人类最新的文明刚刚进入长安,唐王朝就一下子垮掉了。关中以及长安的衰败由此开始,元明两代长安就变为"西安"。用布罗代尔的话讲,军事、政治、经济是短时段和中时段,文化是一个大时段,跟大气层一样。《史记》的大手笔就在于太史公的"大文化观念""齐物论观念",《史记》远远大于汉王朝,远远大于汉武帝。在《史记》中我们感受到的是北方的黄土与南方的水的融合,屈原的浪漫气质与孔子的仁爱精神的融合,中国哪一部作品有如此美妙的生命状态?

长安是大气的,四川人魏长生成为秦腔的一代宗师。八国联军进北京,清室西狩长安,于右任上书陕西巡抚要他斩西太后拥光绪,好多年以后,于右任的学生杨虎城"兵谏"了蒋介石。大概算是汉唐遗风吧。清朝末年,陕西回民领袖白彦虎起义失败后,率残部五千人逃至中亚楚河,也就是诗人李白的出生地,这些不识字的陕西农民凭记忆将清朝同治年间的关中民间文化完整地保留下来,竟然用陕西方言同化了这一地区的多种民族语言,创立了独特的东干语。"东干"即黄河东岸、东岸子,中原的意思。陕西有个学者王国杰曾多次走访中亚"陕西村",一口关中方言,陕西话就是通行证。文化的纽带就这么坚韧。

2005 年

梦江南

对一个陕西人来讲秦岭以南就是南方了。我生长于陕西宝鸡岐山，大学毕业后居西域十年，回陕西后又居小城宝鸡十年，秦岭就在宝鸡境内。我曾两次登秦岭主峰。最早是大一刚入学不久，春游去的就是秦岭。老家在渭北台原地带，所谓岐山，典型的黄土高原丘陵山脉，土多树少，我们本地人称之为北山，秦岭便是南山。上大学之前我只能遥望南山。十九岁登南山之巅，印象太深了，山陡且高，陡度近八九十度，林密。更奇怪的是秦岭主峰，南坡皆大树，河流宽且长，水势浩大，这就是嘉陵江上源；北坡树矮近灌木，河流短促，水急且浅，入渭河立刻变黄。中国大地的南北分界线仅一山之隔差别就这么大。

大学毕业后离开关中平原，居天山脚下戈壁环绕的小城奎屯。新疆人一律把嘉峪关以内叫口里。口里是湿润的，口外辽阔干燥。大漠十年，没有回过关中老家，记忆中的故乡温暖湿润，植物茂盛,近于江南。若干年后我重返天山,在草原上一位摄影师为我拍照,就在草原小河边,照了五六次,摄影师都笑了,不就是一条河嘛,恋恋不舍照这么多。那条草原小河宽度不足一尺,也就是一股子小溪流,可草原上的河流总是流速很慢,几乎不动,好像跟草原难以割舍,不忍心离开。西域瀚海,对水对植物的依赖太强烈了。所有的湖泊都称为海、海子,哪怕巴掌大一片水,也叫海子。许多地名都是一个泉、三个泉、四棵树、八间户、五家渠。蒙古族伟大的史诗《江格尔》中的宝木巴圣地指的就是阿尔泰一带,那里有流入北冰洋的额尔齐斯河,有乌伦古河、乌伦古湖、喀纳斯湖,那里是整个北中亚、中亚罕见的森林草原湖泊之地。我在《大河》《喀纳斯湖》《金色的阿尔泰》中写过宝木巴圣地。这种地方在大西北太罕见了、太稀少了。

后来我回到陕西,居小城宝鸡,二上秦岭,在嘉陵江源头重见江南的影子。

今年春节刚过,有机会下扬州,又是三月。买到车票那刻起脑子里就是李白杜牧姜夔的扬州,就是扬州八怪的扬州,就是朱自清陈从周的扬州。在我的意识里苏州杭州扬州应该是江南的核心,是北人眼中的正宗江南。

行前西安大雪,车上人很少。安徽也是白茫茫一片。车过南京雪变雨。途经安徽就已经是水乡泽国了,到处都是水世界。

还是我的老习惯,到扬州住下,自己先自由行动一番。一张地图就行,我就满大街串起来了。先到护城河,看了一会儿古城墙,再沿护城河走半天。西安也有城墙,更完整,完全像个军事要塞,扬州的城墙小巧精致,全被树给遮住了,城墙下的护城河更有气势,河两岸树多,河水清澈干净。我印象中的城中河都是脏兮兮跟沥青差不多,扬州城中心的河水这么干净的还真少见。行人全都雨衣雨伞,我不用伞,我来江南就是要让唐诗宋词明清小品文中描述千遍万遍的江南细雨淋个透。在北方、在大西北也有细雨,但没有扬州这种天鹅绒般滑腻温和的细雨,北方更多的是迅猛短暂的暴雨,西北人称之为白雨,新疆人叫豪雨,打在身上如箭镞一般。走了两个多小时,差不多让细雨舔湿了,返回住处。

第二天,扬州的朋友带我们乘船沿护城河去观赏瘦西湖。昨天我刚刚在岸上观赏过护城河,现在置身水上了,两岸是另一番风景。水浪拍岸,岸边的石头细草灌木发出的声音如同动物的鸣咽声。护城河在北方要算一条大河了,这么多的水。记得有一年在云南,站在澜沧江边我发出一声浩叹,上天给这里这么多水,这些水稍匀一点到大西北、到黄土高原、到戈壁大漠,那是什么样的景象!

扬州的城中河弯来绕去,沿途有许多植物茂盛的小岛,有楼台亭阁,有重重叠叠如同八卦阵的桥洞。水有了节奏,有了旋律,有了韵味。这里太适合古筝琵琶与箫的声音了,这里太适合轻歌曼舞闲情逸致优雅精致的文人生活了。春江花月夜应该在这里,李白应该在这里一掷千金，杜牧"十年一觉"也不觉其长，那是我们长安诗人瑰丽无比的江南梦啊！南宋文人姜白石忍不住写下"十里扬州，三生杜牧"的佳句。

扬州籍现代文人朱自清，在北大校园写《荷塘月色》时，情不自禁地想起江南故园，想起古代民歌里的湖光莲影，北大校园里的荷塘只是个引子，朱先生借这块小池塘在"忆江南"。这是中学语文课本中的名篇，也最早启发了我们的审美感觉。朱自清一系列的散文精品比如《绿》《匆匆》《背影》，对中学生，特别是北方、特别是干旱荒凉的大西北学生来说，那种优美那种精致和细腻应该是刻骨铭心的。

另一位扬州高邮文人汪曾祺离我们更近，用精美朴素淡雅的笔调创造了一个"水世界"。我购有《汪曾祺短篇小说选》《晚饭花集》。

余冠英也是扬州人，从中学起就购有余先生选注的《诗经选》《汉魏六朝诗选》连同傅庚生的《杜诗散绎》《中国文学欣赏举隅》，最早激起我对古典文学的兴趣。他们都是文人，汪先生被称为"中国最后纯粹的一个文人"。文人之后，都是作家，都是诗人、小说家、戏剧家，再直白一点都是文字工作者，都不是文人了。文人需要气氛，老北京、古长安、古扬州、南京、洛阳、开封，传统的积累，即使搞建筑的梁思成、搞园林的陈从周、搞桥梁的茅以升、搞气象的竺可桢，他们都有文化大师的气息，他们也是文人。

沿途不停地上岸观景，都是水中岛屿，建有古楼，俯视八卦阵样的河流以及夹岸环绕的树木花草，水波与阳光交织闪射，阳光也是潮润的、温软的，羽毛一样，太阳到了江南就是一块玉了。可以推想明月下的扬州是什么气象了。园林专家陈从周先生著有《说园》《苏州园林》《扬州园林》，他说过："江南园林甲天下，二分明月在扬州。"上大学时购有《说园》，一直当美文欣赏。

扬州的朋友问我，你写新疆的小说为何书名都是地名？我从"喀纳斯""乌尔禾"讲到"四棵树"。游客中有人过来大声说：我就是奎屯的，农七师公安处的。一下子围过来许多奎屯人。四棵树河就是奎屯河的一条支流，源于天山，入准噶尔盆地与奎屯河汇合，入博尔塔拉境内的艾比湖。大漠人来口里出差，肯定不会放过让江南水色滋润一番的机会。

喝茶的时候欣赏了扬州姑娘的古筝表演。多少年来一直听录制的国乐古曲，现场欣赏的机会很少。2004 年冬迁入西安，听长安古乐，再回岐山老家，发现关中平原东西差别很大。以杨陵、武功为界分东府、西府。西府与甘肃、宁夏相连，大沟大壑纵横于野，更适合秦腔的高亢苍凉。一种音乐是要有环境有背景的。求学的时候听秦腔就烦，全是大吼大叫的乡音，全是锣鼓轰鸣，太粗犷不细腻。大学毕业后，远走新疆，在伊犁听到十二木卡姆，听到了苍凉悲怆，听到了大地游子的哀号，听到了秦腔中的旋律，关中老家一下子与西域大漠对上了暗号。古长安本来就是丝绸之路的起点，多少胡乐落长安，又有多少长安曲子随商队入西域，混合交融创造出鲜活永恒的生命。向达先生著有《唐代长安与西域文明》，岑仲勉先生认为周人来自塔里木盆地。西域十年，沉醉草原文明的同时，也是秦腔在我心中复活的过程，因为那些戈壁沙漠草原群山，那些大起大落的大自然更适合秦腔。秦腔人爱大恨，有血性有豪气有英雄意识，这些基本元素同样渗透在《江格尔》《玛纳斯》与《十二木卡姆》中。

晚上游了古运河，后来又去了高邮，站在古运河边上，还有邗沟，让人想起隋炀帝杨广。大运河跟古长城齐名，两个大工程也把两个王朝拖垮：杨广向往江南的繁华，死在扬州。杨广的坏处是说不完的，但这个人也有顽蛮可爱之处，阳气太足阳亢而亡，这是一个盛世到来之前的宏伟蓝图的草稿，粗糙零乱，却是大家气象，直接连着盛唐。盛唐怎么来的？有隋有南北朝的前期准备。古运河的水势与气象比扬州城里的护城河瘦西湖大多了，一个优美一个壮美。在江南烟雨中发现壮美不易呀！我才明白水是有骨头的，扬州十日的史可法、孔尚任的《桃花扇》，江南总是抵抗最惨烈的地方。

精致可口的扬州菜中有一道肴肉，用猪肘子做的"农家香肠"，竟然与我家乡岐山农村的肘花肉一模一样。岐山肘花肉是特产，西安都没有，陕西其他地方也没有，只有岐山及相邻的凤翔、扶风有此绝活，是待客的珍品。不同的是扬州人吃法别致，跟吹口琴一样反反复复让人着急。岐山人吃肘花肉浇上醋汁,就可以喝烈酒了,比如西凤太白,都是一口一大块吃。岐山把吃叫"咥",把打架也叫"咥",干出惊天地的大事业也叫"咥"。问扬州的朋友,知道扬州春秋属吴国,据说周文王传位三子,长子远走江南吴地,把吃喝也带去了。历史变迁入乡随俗,反复改造,肘花肉流传下来了,用一个很雅的词:肴肉。

鲁迅西北行

　　1924年7月,鲁迅先生应西北大学邀请来西安讲学。那时,陇海铁路只修到河南郑州,入陕西须乘舟横渡黄河,数千年来天下豪俊都是这样进西北的。先生在西安待了二十多天,观碑林登大雁塔,看易俗社的秦腔戏,还能学陕西方言把"张秘书"叫"张秘夫"。同行的许多教授记者受不了秦腔的大吼大叫,先生却看得饶有兴味,《双锦衣》上本下本,连看两晚上。

　　外地人不像西北人那么热爱秦腔,甚至有些厌恶;要惩罚某人就吓唬他:叫你听秦腔。秦腔全是撕心裂肺的怒吼,历来都是《金沙滩》《下河东》《五典坡》这些金戈铁马大砍大杀的世界。先生长于吴越,那里兴的是淡淡的黄酒,软软的越剧黄梅戏,可吴越也是出勾践出龙泉剑鱼肠剑的地方,是唐人为之倾心的吴钩之地。"男儿何不带吴钩,收取关山五十州。"先生在秦腔中听到的就是这种剑的吼声,先生从吴越之地提取这种刚毅,写成有名的

《铸剑》，讴歌复仇，倾心血性。绍兴自古乃复仇雪耻之乡，非藏污纳垢之地。南明奸党马士英亡命故里，被拒之门外，绍兴人不认他这个败类，他们只认勾践那样的复仇雪耻之士。

先生身上奔流的就是这种铁血精神。

先生一生都在鞭挞奴性，弘扬血性。先生把他的文字称为投枪匕首，就是一种强悍的剑的精神。先生所崇尚的汉唐雄风就是铁血与剑。

在先生眼里，汉代只有一个文人，那就是司马迁。司马迁的大作《史记》被先生称为"史家之绝唱，无韵之离骚"。《史记》全是孤愤铿锵之言，它礼赞的是"力拔山兮气盖世"的末路英雄项羽，它向往的是"风萧萧兮易水寒"的游侠刺客，它赞美的是箭矢穿石的飞将军李广。《史记》所散发的是一种高尚的灵魂气息，是一种贵族精神；世俗的皇帝刘邦在灵魂的天国里是十足的奴才小人，刘邦以及后来的刘备、朱元璋统统被鲁迅斥之为流氓，写汉大赋的司马相如之流更为先生所不齿。

先生倾心盛唐，唐朝是中国人扬眉吐气的时代：那是青春与诗的岁月，皇族的身上流动着西北胡人强悍的血液，诗人们个个都是马背好汉，挎长剑骑骏马，出入军阵。大诗人李白就是"十步杀一人，千里不留行"的剑客，崇山峻岭和烈性的酒浇灌了李白的灵魂，宝剑和明月成为他诗歌永恒的主题。更不用说高适、岑参这些统率千军万马的封疆大吏了。连古板的杜甫青壮年时也曾乘马壮游天下,只是到了安史之乱才把马换成了驴子,柔弱不堪,饱尝苦难。唐人的世界,骏马、宝剑与笔是三位一体的;唐人的血液是纯净的。

鲁迅感叹蒙元入侵,不是鄙视蒙古人,先生鄙视的是赵宋王朝的腐朽与糜烂。金人灭宋,王室过江,江南的青山绿水也被污染了,出产宝剑和英雄的吴越之地成为淫乐的渊薮。用先生的话说就是:"中国民族的心,有些是早给我们的圣君贤相武将帮闲之辈征服了的。"异族入侵是方便的事情。

先生把中国历史分为做奴隶的历史和做奴隶不得而反抗争取奴隶资格的历史。

先生把中国文人归结为替皇帝打天下的帮忙文人和替皇帝解闷取乐的帮闲文人。

先生要一种什么文学?那就是投枪匕首,是一种强悍的生命意识和血性,是一种未曾屈服过的纯净的国民精神。

先生曾倾心尼采,尼采的生命哲学凝结着日耳曼人刚健强悍的民族精神。恩格斯就是典型的日耳曼人,《马克思恩格斯全集》中有不少文章,恩格斯赞扬日耳曼人的质朴、贞洁、勇敢;更重要的是日耳曼人是在罗马人的腐烂中崛起的,他们一直保持着森林中的强悍、率真、大胆、勇敢、尚武、爱好冒险。尼采把它提炼成一种狂飙突进的酒神精神。柔弱的中国人缺乏的就是这个。尼采的超人和权力意志,是一个民族最纯净最典范的标准,是人的一个记录,是对生命的高度概括和抽象。

我们的文化中也曾有过这种血性的刚毅。孔子的学说有中庸的一面,也有强悍的一面,《论语》中有"三军可夺帅也,匹夫不可夺志也""士不可以不弘毅"。孔子本人也并非人们想象中的书呆子,而是一个身高八尺能开硬弓的壮士。孔子的后人孔尚任在清朝为官,那是大兴文字狱的时代,他却写了怀念亡明的《桃花扇》,主人公李香君就是一个不让须眉的烈女子;在男儿雌化的年代,这个风尘女子却成了壮士荆轲,血染锦扇。

鲁迅曾跟萧军谈过,他不喜欢绵软的吴语,更不喜欢雌化的江南男儿,他死后宁肯让老虎、兀鹰这些猛禽猛兽吃掉也不喂狗,巴儿狗吃了你的肉到处摇尾巴,很讨厌。这种由生及死的猛士气概,只有汉唐先秦的人才有。

1924年7月,先生走下机械时代的火车,乘舟横渡黄河进入关西,先生一下子感觉到了大西北强悍的气息。孔子周游列国至潼关而返,关西成了孔孟的化外之地;华阴杨震、横渠张载虽有"关西孔子"之称,但他们的儒学完全是西北化的儒学,绝无柔媚的气息。笼罩关中大地的是王气霸气和开天辟地的豪气!关中自古帝王州,周秦汉唐的雄风正是先生孜孜以求的真正的民族血性。那是孔孟和他们的信徒望而却步的地方。先生跃船扬帆西进,于是唐诗里的长剑骏马和明月一一浮出,澄清了黄河,荡涤了宇空,高原和风显得清晰而辽阔。

鹞鹰就是这样出现的。

1995 年 7 月 18 日夜

那张脸就是黄土高原

4月29日早晨8点我正在刷牙,手机响了,作家张者从北京打电话告诉我陈忠实老师去世的消息,我立即怒斥老朋友张者恶人造谣。我那副口吐白沫的样子很可笑,嘴里插着牙刷,牙膏沫子涂了半张脸,声音很含糊地告诉张者,不久前西安媒体上还见到陈老师出席文化活动的报道,张者也相信了。我还拜托张者在北京澄清谣言,然后进卫生间刷牙洗脸。几分钟后手机又响,是单位同事打来的,老同事郑重其事地告诉我不是谣言,哪家媒体也不敢造这种谣言。我还是不敢相信,我给省作协创联部主任王晓渭打电话,王晓渭正忙着布置灵堂,同时告诉我今天不要到作协来,明天早晨来。

我是去年6月在商洛开会时从李平那里得知陈老师患病住院的消息,陈老师不让大家去看他。我还是通过四军大的作家朋友钟法权打听到陈老师住院的西京医院见到了陈老师。陈老师说话有点困难,人很瘦,床上还放一本书,我们只简单谈了一会儿,我把电话留给陈老师的二女儿。陈老师第二天出院,听医生讲治疗还比较成功。7月在北京开会,刘醒龙问陈老师的情况,我告诉他陈老师的病情。刘醒龙回湖北后很快找到医治口腔癌的土方子,我给陈老师女儿打电话转发了刘醒龙的问候及土方子。

我是在宝鸡上的大学,大学毕业留校一年后西上天山,之前与陕西文学界唯一的联系就是1983年在《延河》上发了一首诗,对上大二的我来说当时是很了不起的成就。那是个诗歌的年代,我虽然发过小说散文,但诗歌是重点。西上天山也是因为西域大地新边塞诗对我的吸引。造化弄人,1988年我在石河子《绿风》发表最后一首诗,告别诗歌,进入小说世界。在我十几部中短篇发表之际,很快就从《当代》《十月》上读到了"陕军东征"的两部最重要的作品,《白鹿原》和《废都》。天山脚下读《白鹿原》,骏马嘶鸣、鹰击长空、沙暴蔽日,天地为之变色,加上字里行间纯正的陕西方言,真正的大秦之声。当其时也,我已经沉醉于西域大漠浩如烟海的神话史诗多年,来自故乡的大秦之声仿佛让我回到汉唐,回到张骞凿西域、玄奘西天取经那个大时代。记得初到新疆,一口蹩脚的普通话,给学生讲课闹出不少笑话。校长是甘肃人,告诉我在城市讲讲普通话还凑合,到农村牧区,就说陕西话。果然,在伊犁、塔城、阿尔泰,一口陕西话,人家就把我当本地人。当地土著汉人都说陕西方言,民族同胞说的汉语也是陕西方言。方言如同家乡饭,拉近了人与人的距离。1994年我到乌鲁木齐参加自治区青年作家座谈会,会上大家谈的都是陕军东征的话题。当时,对《废都》的批判异常猛烈,那时我也血气方刚,就写了一篇替《废都》辩护的文章发表在北京一家报纸上。贾平凹至今也不知道红柯在天山脚下以微弱的声音喊了这么一嗓子。陕军东征的作品我只看过《白鹿原》与《废都》,也只给这两部杰作写过评论。给《白鹿原》的评论发表在《小说评论》与《北京晚报》上。我一直认为这两部作品有内在联系,是互补的。我曾写过一篇短文《浪迹北疆》,写故乡传统文化对人的压抑,我才走向辽阔的西域大漠,感受长天大野那种充满野性之美的生命体验。这是我欣赏《白鹿原》与《废都》的地方。我有幸成为伊犁州技工学校的教师,我利用带学生实习的机会跑遍天山南北,而故乡关中就成为群山草原大漠的参照物。在我回到故乡陕西之前,路遥已经英年早逝,我只能从文学中想象这个文学烈士,同样,对陈忠实、贾平凹也是通过文学先验地想象他们的形象。1995年底我举家迁回陕西。1996年春天,把新疆作协的相关手续转交陕西作协,接待我的是京夫老师,陕军东征主力之一。我很激动地在陕西作协大院转了一圈匆匆离开。这年9月我的小说《奔马》在《人民文学》发表,《小说月报》转载。1997年5月初我接到陕西作协通知,赴延安参加陕西青年作家创作座谈会,我正式进入陕西文坛。在延安、在沟壑纵横的陕北高原我见到了《白鹿原》的作者陈忠实,我的第一印象就是,陈老师那张脸就是黄土高原,就是这块土地的历史沧桑,与这部书厚重的内容融为一体。这年4月《人民文学》以《红柯小说》专栏推出我一组小说,9月全国青年作家座谈会在石家庄召开,我有幸成为陕西代表,另一位是黄河浪兄(已去世)。在石家庄我见到了许多著名作家,苏童、李洱、东西、徐坤等,也见到责编李敬泽,连李敬泽也没想到我会来参加这次盛会。陕西迅速崛起与陕西对文学的重视有关。《延河》青年作家专号重点发表我的作品,同时,贾平凹主编的《美文》也邀请我到西安参加笔会,我的大批散文开始从《美文》走向全国,这完全是一个意料不到的收获,许多散文被选刊、选本、中小学教材、高考试卷收入。我算是在陕西站稳脚跟。2000年我荣获首届冯牧文学奖,陈老师亲自打电话告诉我这个喜讯。在这些文学上的支持之外,还有一件让我难忘的事情。从新疆回到故乡,很容易成为故乡的"异乡人",连走路说话都谨小慎微,我那种在大漠戈壁昂首阔步的样子让人看不惯,有人专门警告过我,要脚尖走路,轻手轻脚,跟鬼一样,这种走路方式完全是动物式,完全是拳击手击垮对方的方式,我至今学不会这种一天二十四小时处于搏击状态的走路方式,我至今还是脚跟落地,脚踏实地心安理得地走自己路的方式。我也在办公大楼听见一位校领导训斥一位刻意要用巨大的工作量压垮我的某个中层领导。我一直是职业教师、业余作者,写作一直处于地下状态,人家问我最近写什么,我会习惯性地回答我在上课。你就知道我评职称就比较艰难。有一年我的职称报到省人事厅,给卡住了,校领导尽最大努力了。我在故乡还真没有熟人能在省城主管部门说上话,实在想不出办法了,硬着头皮试探性地给当时的省作协主席陈老师打办公室电话,我紧张极了,我跟陈老师一直都是文学上的崇高关系,还没有熟悉到求人家办事的程度,我的叙述那么委婉,随时准备撤回的语调,没想到陈老师那么干脆,人事厅管职称的一位处长刚收到陈老师签名的《白鹿原》,陈老师的原话是:"我给你试试。"一个月后,文件下来了,我们单位连我在内五个老师的职称全批下来了。大家都知道这是陈忠实一个电话办成的事情,都要委托我联系陈老师去西安拜谢,我给陈老师打了电话,陈老师一口回绝,还说你这娃咋这么啰唆。我只好给这几位教师解释,文学界都这样。一本书值了几个钱,买几本《白鹿原》算是感谢。有一年,陕西国力队在西安比赛结束,比赛移到宝鸡,体育场就在石坝河,我有幸与市文联的同志招待陈老师吃西府岐山臊子面、面皮等小吃,知道陈老师是个足球迷,连国力队都不放过,专程从西安赶到宝鸡看球赛。

2004年底,我举家迁到西安,执教于陕师大,跟陈老师居住的石油学院很近。那是他的工作间,房间里都是书,沙发上、凳子上都是书,专门有一间屋子写字,墨香浓烈,求字的人很多。有一次我求人办事,就给陈老师发短信求字,陈老师把电话打过来,还是军人式的那么直截了当的方式,让把字的内容发过来,我找了几句唐诗发过去,陈老师告诉我明天下午来取。我拿了一袋子钱,去石油学院家属楼,陈老师写了满满一桌子字,给好几个人写的,我原来要一幅就满足了,没想到陈老师给了两幅,我大喜过望,临出门时我拿出纸袋子,被陈老师厉声喝住了,还是那句话:"你这娃,你咋是这么个娃,走,快走!我还有事。"年底在妻子的督催下我带了两瓶西凤酒,以拜年的方式去看了陈老师,动用我当教师几十年的口舌功夫加上年气浓烈,陈老师终于收下了酒。后来听人讲陈老师戒了酒,留下酒也是招待朋友们喝。

那年我还在宝鸡,《小说评论》发表我写的关于《白鹿原》的评论,陈老师打电话肯定了我的评论文章。2004 年底迁居西安,2005 年去思源学院讲课,才知道大地上真的有一个叫白鹿原的地方,我原以为白鹿原是陈老师像福克纳虚构那个邮票大的地方一样是虚构的文学地名。陈忠实的书跟他的名字一样,那么真实,在信史以外,文学总是达到历史学家无法达到的高度和思想家、哲学家无法达到的深度。黑格尔这样告诉我们,理性无法穷尽美,整个德国古典哲学,无论是康德、黑格尔还是谢林都强调文学艺术审美中的"生气灌注",这种生气就是一种生命气象、生命意识,任何理论都是有限的,形象永远大于思维,而文学具有的激情则充满更难以把握的不确定性。陕西文学给全国文学的巨大贡献就是《白鹿原》《废都》。自发表以来,争议不断,这恰好符合艺术规律。2005 年我看到真正的白鹿原,后来写下了《山河形胜白鹿原》发表在《北京晚报》上。

当年从新疆回陕西时，几十箱书中包括从单位阅览室借而未还的发表过《白鹿原》《废都》的《当代》《十月》杂志。到西安每次见陈老师都有收获，陈老师签名的《白鹿原》《寻找属于自己的句子》《原下集》等也在其中。

每年过年我都要给陈老师和贾平凹打电话拜年。给贾平凹发短信，贾平凹会马上回信"新年同乐"。陈老师不会发短信，都是直接通话拜年。今年我给陈老师发短信，陈老师没有回话，他说话很不方便了。不久前看到陈老师出席西安某个文化活动的报道，心里一喜，陈老师能正常活动了，打算放假后去拜访。

陈忠实是 4 月 29 日早晨去世，4 月 27 日我给学生讲课时还重点讲到了陈老师。当时我讲的是文化积累对文学艺术家的影响，大意是作家、艺术家前半生靠才气，才气与聪明是遗传的，而智慧是修炼的，是一个漫长的文化知识积累过程。就像人的身体，年轻时凭的是父母给我们的遗传。人到中年，就要进补保养了。2013 年省作协换届，一群作家去看陈老师。出来后女作家张虹说，陈老师年纪不大嘛，咋一下子就老了，张虹同时谈外地一个跟陈老师同龄的作家，游泳打乒乓球。我就告诉张虹，人家城市长大的跟陈老师不一样，在陈老师那个年代，农村人一年吃一次肉——过年的时候，一年吃一个鸡蛋——过端午节的时候。城市居民一个星期一个月吃多少次肉、蛋、牛奶和白糖？农民可能今

95

天还好好的,第二天一个感冒就死掉了,生死间连一点过渡都没有。我爷爷就告诉我,都是年轻时干活吃不好,不像地主家公子少爷,看起来病歪歪的,都能活到八九十岁。那时候吃好喝好对一个人一生有多么重要,对生命有多么重要。可农村孩子就是明白这个道理也没办法吃到营养好的东西。我说的农村人一年一次肉一次鸡蛋,是我的生活经历,断不是年长二十岁的陈老师他们那个贫寒的农村孩子的童年。在陈老师的散文里我们看到,他的农民父亲为了供子女上学,砍光了自家树,实在撑不下去了,让陈老师休学一年,年轻的女教师送陈忠实出教室时眼泪流下来了。我写了那么多小说,出于自尊从不写自己的童年,还是忍不住在《喀拉布风暴》中不经意地写出了一段自己的影子,但也不是我自己,是我的小伙伴,为舔洒落在地上的油跟人打架,而另一段父亲为解孩子的馋重操旧业,当骗匠,把牲畜的睾丸带回来喂养儿子。这个细节是与杨乐生第一次见面闲聊所得。师大的学生听得个个发愣,我借机提醒那些家庭贫寒的学生,一年少买一件衣服,每月就能加一百元生活费,每天就能吃一个鸡蛋喝一杯牛奶,穿好是给别人看,吃才是爱自己。今年儿子叫我上微信,给学生的课外资料就用微信群发。4 月 29 日早晨我正跟作协晓渭通电话,学生们纷纷发来陈老师去世的微信,我执教三十年,讲了古今中外包括当代作家的作品和生平,我从不和学生讲我自己,有些学生快毕业了才知道我是作家,4 月 29 日我破天荒头一次把我

2012年发表在《北京晚报》的《山河形胜白鹿原》转发给学生。

4月29日一整天电话不断,大多是鲁院同学,我和夏坚德约好明天早晨柏树林见,代表鲁院首届高研班全体同学献一个大花篮,柳建伟提议让班长李西岳拟写悼念文章,李西岳据说是写悼念文章的高手,其间同学不断修改,孙惠芬打电话让我帮献花篮,我告诉她咱们班一个大花篮,孙惠芬才稍心安。孙惠芬2002年秋天在鲁迅文学院高研班时,专门跟我探讨《白鹿原》中的白嘉轩跟长工鹿三亲如兄弟的关系,我就告诉她,关中自古以来就这传统,我外公就是大地主,我妈带我去外公家,还要带一份礼去看另外一个舅舅,也是我妈的"哥哥",这个舅舅就是我外公家的长工,小时候讨饭到外公村子里,外公收留了这个苦孩子,干活到大小伙子,就给他娶媳妇盖房子分几亩地给牲口农具等,跟东家成亲戚,东家的小姐我母亲要叫他哥哥,我们这帮孩子要叫他舅舅。辽宁作家孙惠芬就对《白鹿原》有了独特的感情。西北政法大学教授李清霞相约九点在省作协见,代她订了花篮,她的导师雷达发来短信,代表全体小说学会给陈老师献花篮,花店给我们雇了一辆三轮车,扎上三个花篮,我和夏坚德分坐三轮左右,摇摇晃晃从柏树林到建国路作协大院,到时门口人山人海,那么多学生。进灵堂祭拜完刚出来,省委书记娄勤俭一行就来了,陈彦副部长和贾平凹忙进忙出。

在留言册上我留下:"日月经长天,白鹿鸣大野。"

下午跟李清霞一起去了陈忠实在东郊的家,家里也设了灵堂,院子里摆满了花圈花篮,西安工业大学的邰科祥教授在这里。见到了陈老师的家人。陈老师的爱人,矮小朴实的老太太,陈老师写《白鹿原》那些年就是她养一大群鸡支撑整个家庭,陈老师写完《白鹿原》后很悲壮地告诉老伴,这本书成功不了咱就养鸡。我对这个老太太肃然起敬!

山河形胜白鹿原

5月5日是陈忠实老师的追悼会,省作协前几天就通知我5日早晨6点半到作协集中坐大巴去凤栖山殡仪馆。中国作协领导铁凝、李敬泽提前一天到西安。5月4日我全天有课,一直上到晚上9点,正上课,远在兰州的大学同学吕志军打电话告诉我他正往飞机场赶,晚上12点到西安参加5日的陈老师追悼会,在网上订好了西安南郊一家快捷酒店,就在我家附近。在新校区上完课回家,匆匆准备,突然在书架上看到了1992年第6期《当代》和2000年第1期《延河》。2000年元月我荣获首届冯牧文学奖,当时陈老师专门打电话告诉我这一喜讯,2000年第1期《延河》头条"名家走廊"专栏重点推出陈老师和我的一组散文,配有照片。陈老师的文章是《何谓良师》,配有陈老师1979年担任西安市郊区文化馆副馆长的照片,1993年人到中年重上白鹿原的照片,1998年跟陕西日报社文艺部的编辑吕震岳的合影。我的那组文章包括《大自然与大生命》《现代派文学的误读》《梦江南》。另一篇《从黄土地走向马背》跟陈老师描述责编吕震岳一样,我写了责编李敬泽把我从《人民文学》推出的过程,也配发三张照片——1985年夏天毕业时愣头愣脑的傻小子样,1992年夏天与妻儿在天山脚下奎屯小城合影,1998年秋重上天山在赛里木湖边,往事如梦。我放下《延河》,拿走《当代》。在西安南郊快捷酒店的大厅等吕志军,我翻开了1992年第6期《当代》。我曾写过一篇《移动的书房尘土飞扬》。我的许多书,包括这本《当代》,伴随我从天山到祁连山到秦岭,西域大漠的沙尘挥之不去。我还记得1992年冬天,风雪之夜在天山脚下奎屯小城读《当代》刊载的《白鹿原》的情景,许多精彩的句子我都画了又画,还写了眉批。我的眼睛湿了,大厅柜台的服务员不知所措,我出去让夜风吹了一会儿。半夜1点半,吕志军到了,我们没怎么睡觉,整夜在谈《白鹿原》。

第二天一大早,我和吕志军搭西北政法大学李清霞的车去凤栖山殡仪馆。原打算与省作协的人会合,一起进大厅。到了现场,人山人海,挤不过去,大多是各地自发来的群众,手持印有陈忠实肖像的报纸和各种各样版本的《白鹿原》。我原打算进大厅跟陈老师遗体告别时再拿出《当代》杂志。我发现人群中都是报纸和书,没有1992年第6期的老《当代》,我不由自主地从挎包里取出《当代》举了起来,尽量不露我的脸。大家马上发现了这本杂志,围上来跟老《当代》一起合影。有人要高价收买,肯定不行。

熟人出现了,硬要,杂志封面有红印,盖着伊犁哈萨克自治州技工学校的印。当年技工学校校长知道我爱好文学,特准我每年订杂志时可以选十种文学杂志。《当代》《收获》《十月》《人民文学》《钟山》《上海文学》《北京文学》《花城》几乎成了我的私人杂志。我专门保存了1992年第6期《当代》。进了大厅,围观《当代》的人更多。

凤栖山又叫凤栖原,是西安东南秦岭脚下与白鹿原遥遥相望的古原,陈老师与他那本杰作与这块土地融为一体。他那张脸就是黄土高原,就是这块土地的历史沧桑。

"陕军东征"的六部长篇,我看过其中两部,《废都》和《白鹿原》。《废都》中的西京,外地人也能看出那是古长安今西安,《白鹿原》中的白鹿原,我一直以为是作者虚构的一个地名,就像福克纳再现美国南方故人故事时创造出的并不存在的邮票大的小镇。我先居小城奎屯,后居小城宝鸡,当年上大学也是在宝鸡,大学毕业一年后西上天山,重归故里,与陈忠实老师相识,也一直把白鹿原当成一个文学地理名称。2004年底迁居西安,2005年秋天应邀去思源学院讲课,才知道大地上真有一个白鹿原,位于西安东南15公里处,高300多米,原面平坦开阔,南北宽10公里,东西长30公里,浐河由西侧流过,灞河由东北绕过原脚,南靠秦岭终南山,地势雄伟险要。

阴阳交汇　长安居中

作为一个关中子弟，我生长求学于关中西府，偶尔去省城西安也是来去匆匆。我总有一个根深蒂固的观念，深沟大壑、险峻土原都在关中西府。

每次去西安、回宝鸡，武功杨陵是个分界线，武功杨陵以东全是大平原，杨陵以西开始出现西北黄土高原特有的一种地貌：貌似高原，但原顶又是十几公里到几十公里宽上百公里长的台地平原，这就是原。

我的故乡关中西府渭河北岸从武功杨陵向西到扶风岐山凤翔都是山岳一般险峻的台原，原下是渭河，原上是古老的周原，周秦王朝的龙兴之地。关中西府渭河北岸辽阔险峻气势逼人，南岸狭窄，最高的就算五丈原，诸葛亮当年屯兵北伐，司马懿雄居渭北周原，坚守不出，活活累死了诸葛孔明，五丈原成为孔明鞠躬尽瘁的地方。

周秦王朝在关中西部渭北原上积蓄力量，然后东进翦商扫六合。过了武功杨陵，渭北的台原消失了，关中平原一下子展开了，成为真正的大平原。周人先在岐山建岐邑，即中国最早的京邑，武王伐纣时周人先迁沣镐，后过了渭河，在河南岸建新都，已经接近汉唐的长安了。秦人从西府周原的雍迁都咸阳，咸阳山南水

102

北,阳气太足,大秦王朝一直欠缺阴气滋养,阴阳失调,"咸阳"只有阳没有阴,关中东部,渭河南岸辽阔肥沃富饶可以与关中西府渭河北岸古老的周原相媲美。

八水绕长安,长安南靠秦岭,秦岭与京都之间的台原有神禾原、少陵原、白鹿原、阳郭原、高塘原、孟原等。渭河在关中平原形成一个优美玄奥的太极图式,西府的周原,东府西安以南的诸多台原,西安即古长安正处在太极图式阴阳转换的交界上,渭河最宽阔的地域,关中的白菜心心,人体的腰部肚脐眼部位,从西北高原崛起的任何一支力量只要沿渭河东进到达这个位置,就等于强壮的胳膊把女人的腰搂住了,周秦汉唐除秦外,都是三四百年的兴旺发达。

丹纳《艺术哲学》中阐述希腊艺术时提出种族环境时代的观点是有道理的,神州大地还有什么地方比关中平原更接近希腊、罗马的辉煌与文明?希腊、罗马是在两块土地上诞生的文明,如果说周是中国的希腊的话,秦就是以战功盖世的罗马,周秦竟然崛起于同一块土地——群山与高原之间的渭河谷地。

我很早就有看地图的习惯,中学时就收集各种地图册,纸上的地理与实地的地理还是差异很大。秦岭、祁连山、天山在地图上是三个地理概念,西域十年归来,又从宝鸡到西安,这三座山就是一座山,我才明白秦岭到西安南为何叫终南山,从中亚腹地奔向中原的巨龙般的神山在这里显灵了,长而安,我觉得长安借的不仅仅是八水环绕,更重要的是亚洲大陆这根最长最大的龙骨大梁:天山—祁连山—秦岭,这就是势,这就是地气。风水的科学叫法应该是环境地理学,丹纳的三元素中的地理环境更有说服力。

军事要塞　群雄逐鹿

2005 年秋天,我登上西安东南的天然屏障白鹿原时,第一个强烈的感觉就是这是一个军事要塞,我首先回望原下的西安,几乎脱口而出,掌控白鹿原就等于掌控了整个西安,即古长安。

中学课本《鸿门宴》里"沛公还军霸(即灞)上"的灞上,就是这个宽 10 公里长 30 公里的白鹿原。秦失其鹿,群雄并起,先入关中者王,刘邦捷足先登先王关中,项羽后到,刘邦退出咸阳,但刘邦雄心未灭,驻军灞上,关中平原最宽阔最肥沃的白菜心心还在掌控中,随时可以伸手去掏。然后鸿门宴,然后回灞上,先汉中后明修栈道重返关中。项羽火烧阿房宫,定都江东彭城,对关中的放弃就已经自断龙气,灭亡是迟早的事情。更早,王翦率六十万大军南下灭楚,秦王嬴政送至灞上的白鹿原,就是有名的老将军反复向秦王要房子要地以消除秦王猜疑的地方。估计是秦岭突出到关中平原的雄伟的台原白鹿原给秦王吃了定心丸,也给了老将王翦以勇气,秦军穿越秦岭灭了六国中面积最大人口最多的楚国。

比秦更早,周幽王与褒姒在与白鹿原相邻的骊山烽火戏诸侯,西周灭亡,周平王东迁,史书记载,有白鹿出灞上,这应该是白鹿原正式名称的开始,白鹿游于原上,西周结束,东周开始,历史翻开新的一页。

白鹿原大放异彩应该是汉唐这个大时代。汉文帝和他的母亲、妻子的陵墓就在白鹿原上,就是有名的"顶妻背母汉文帝"。汉文帝的陵墓灞陵位于白鹿原北侧,陵墓依坡而成,如凤凰展翅,当地人叫凤凰嘴。文帝时与民休息,轻徭薄赋,社会安宁,秦末战乱所造成的破败荒凉萧条的局面得到恢复,与后来的景帝合称"文景之治"。汉文帝生活俭朴,陵墓借白鹿原地势而建,陪葬品都是泥土烧制的陶器,没有金银珠宝陪葬,连普通的青铜器都没有,送葬仪式也很简单,民间有"天葬汉文帝"之说。汉文帝平生孝敬父母,临终前叮嘱妻子窦皇后要厚待母亲薄太后,愿死后"顶妻背母"报其恩德。后来汉文帝陵与他的母亲薄太后南陵、窦皇后陵按"顶妻背母"方位安置。

周人底色　汉唐先声

汉初行黄老之说,关中本是老子讲经著书的地方,文帝、景帝的风格更接近原始儒家。那个独尊儒术的汉武大帝雄才大略铺张浪费大兴土木与秦始皇并列,史称"秦皇汉武",连同战国中晚期的楚国国王,给儿子迎娶秦女父亲夺之,于是有了伍子胥父子的一系列故事。

伍子胥借吴兵破楚国都，挖楚王墓鞭尸五百，后继者楚怀王也是为娶媳妇让张仪骗至秦国，西楚霸王项羽，世代为楚将，其行事风格得楚国贵族的真传。倒是刘邦这个楚国平民很适合关中这块土地。

我总以为陕西以至大西北的底色是周人风格不是秦人风格。记得初到新疆第一次见到草原上的蒙古人我大吃一惊，印象中成吉思汗的子孙们横扫欧亚大陆征服了世界是何等的强悍与凶猛。书本也告诉我游牧民族以狼为图腾，并以狼自称。可我眼前的蒙古牧民十分纯朴，还有点腼腆、羞涩。在新疆生活久了才明白，狼不是草原的底色，草原人的底色是羊。青海的诗人昌耀在《慈航》中写道："爱的繁衍与生殖／比死亡的戕残更古老、更勇武百倍！"

周文化尤其周公一直是儒家的理想圣贤。我的故乡岐山为周宗庙所在，那些举世瞩目的青铜器大多都是"文革"后期平整土地修水利时农民挖出来的，大都献给国家了，近几年还不停地向国家捐献文物。周人都是薄葬，根本没有王陵，秦的王陵、贵族陵又高又大，专供后人挖，周人不是，史书记载："夫周公，武王弟也，葬兄甚微。"周人奉行的原则是："德弥厚者葬弥薄，知愈深者葬愈微。无德寡知，其葬愈厚。"

刘邦入关中算是接上原始儒家的地气了，汉武帝那种篡改过的儒术，还真是把儒变成了术，借儒的外壳行法家之术，武帝与秦始皇接轨,给西汉的崩溃打下伏笔。汉初几代帝王好不容易恢复了周的文明礼仪,改掉了秦的"免而无耻"。

到北宋张载关学兴起,陕西以至西北,上上下下的文化心理模式基本稳定下来了:敦厚诚实不招摇不虚夸一直是西北人的基本特征。小说《白鹿原》的内涵也在于此。我喜欢小说初版时的封面,一个关中老汉活脱脱从黄土高原某一个台原的横断面雕刻出来的黄土雕像。我觉得小说中最成功的是一系列男人形象,感情深沉丰厚。写白嘉轩时总是强调:眼睛突出,下巴突出,这是典型的周人特征。

我一直生活在关中西部,西上天山十年迁居西安,才发现西安人的头形脸形比较混杂,连出租车司机也能一眼看出我是西府人。碰到在西安生活工作的西府乡党,大家都认为西安人一半是眼睛突出,下巴突出,这是从岐邑进沣镐的周人后裔,另一些西安人眼窝深,凹下去,脸部及头颅窄长有点斜,中亚胡人之后。关中是个大熔炉,南北朝北方少数民族南下,五代十国,关中的长安尤其是北方胡人的目标,唐代阿拉伯人、波斯人更多。小说对这种生理特征的强调应对了卷首语:"一个民族的秘史。"我记得我第一次见陈老师的情形。1995 年底我举家迁回陕西,1996 年我的小说《奔马》在《人民文学》上发表,1997 年我有幸在延安参加陕西青年作家创作座谈会,见到敬仰已久的陈老师,背景是沟壑纵横的陕北高原,陈老师那张脸跟高原跟那本大书《白鹿原》浮雕一样刻在我的脑子里。2000年夏天我有幸参加"走马黄河"考察活动，在黄河上游甘肃省东乡县书店见到《白鹿原》，老板告诉我这是东乡人喜欢的仅有的几本汉族作家作品。东乡人大多是信仰伊斯兰教的蒙古人，血性剽悍有英雄气概，这也是《白鹿原》的魅力所在。有这样的书做枕头，就如同托尔斯泰以不朽的《哈吉穆拉特》当枕头一样。我一直认为《白鹿原》是一部男人的书，塑造了一群有血有肉的男人形象。白嘉轩、鹿三、鹿子麟、朱先生、白孝文、黑娃这些人物形象中我最喜欢黑娃。这大概跟我漫游西域大漠有关。我曾在《浪迹北疆》中写过关中的压抑与狭隘，走出关中走向大漠走向瀚海，跟汉唐时代的张骞、班超、玄奘一样。黑娃应该成为西北大地的格里高力，剽悍、血性、豪气冲天的哥萨克。1992年冬天我在天山脚下读《白鹿原》时最打动我的就是我的乡党黑娃。1990年我完成了长篇《百鸟朝凤》，算是向故乡告别。1991年我完成《西去的骑手》初稿，一点也不自信。1992年我在《白鹿原》中读到了来自故乡的草莽英雄黑娃。豪气冲天的孖司令马仲英就是大漠里的黑娃。集传统文化、现代文明与东北草莽豪气于一身的盛世才在西域大漠与马仲英较量，所有的优势消失殆尽，只能依赖传统文化中最阴暗的力量苟延残喘。我的另一个梦想是以长篇《西去的骑手》向只有短篇没有长篇的巴别尔致敬，向我无限敬仰的草原圣典《蒙古秘史》致敬。回到陕西看到许多资料，发现柳青和陈老师都喜欢《静静的顿河》，格里高力这个顿河哥萨克。哥萨克本来就是突厥语,自由勇士之意,与中亚的哈萨克与草原大漠的英雄豪杰血气相通,与西北高原的英雄豪杰血气相通。《西去的骑手》开篇就是一群西北汉子在天山脚下大战顿河哥萨克,时光闪回到盛唐,关中猛将薛仁贵三箭定天山。

安史之乱至宋以后长安及关中都不再是中心了,政治经济的中心位置丧失了,但文化及民族心理深处的关键性元素并未消失,按法国年鉴学派史学大师布罗代尔的说法,思想文化传统属于"长时段"的结构性因素,与"结构"相比,"时局"与"事件"都是一些容易消失的历史表象。

美是一种心灵的内在需要,需要挖一口深井。渭河两岸的旱原打几十米的深井才有水,那都是甘美清凉沁人心脾的水。西域大漠几十米几百米几千米沙层的荒漠甘泉简直是上天的福音。古长安作为丝绸之路的起点也是沙漠之舟骆驼在中原的终点。唐代白鹿原作为京城东边的天然屏障由神策军驻守以驼队运水到大明宫。民国时冯玉祥的西北军在甘肃征数千峰骆驼,到西安还好好的,到洛阳骆驼全死掉了。丝绸之路与亚欧大陆的龙骨大梁秦岭、祁连山、天山相依相伴,很难想象没有西域的长安是什么样子。

长安从西周的沣镐开始就有天下意识国际意识,周人不但留下了《诗经》和原始儒家的礼乐文化,还留下了周穆王西巡昆仑会西母王的《穆天子传》,可以说是张骞通西域的先声,周人的世界目光为汉唐打下了基础。白居易在白鹿原上留下了诗句,唐的王公贵族在此狩猎游乐。唐末黄巢大军攻入长安，又退守白鹿原，在此屯兵养马。黄巢有霸气十足的豪言壮语，却无刘邦的胸怀与雄才大略，他的大军在岐山龙尾沟惨败，部将朱温背叛黄巢降唐又叛唐，朱温残暴比安禄山有过之而无不及，为营建后梁国都洛阳，朱温把长安拆得片瓦不留，砖瓦木梁顺渭河漂流而下，长安彻底毁掉，再也没恢复元气。

1924年鲁迅先生来西安讲学，西安破败颓废，败了鲁迅写《杨贵妃》的兴致，倒是碑林以及西安周边汉唐王陵前的石雕，让先生感受到汉唐大时代的中国人的生命气象。

樱桃相伴　书院依旧

今天白鹿原最引人注目的是万亩樱桃园和西安思源学院白鹿书院。白鹿原东边有三万亩樱桃园。

土樱桃有近百年的历史，种植面积缩小，卖不出好价钱，但土樱桃开花早，三月开花，生长期长，皮薄，味纯厚深长。洋樱桃个大，价钱好，四月花开，五月果红，每年五月白鹿原都有樱桃节。西安人三月上原赏土樱桃花，四月就是花的海洋了，三万亩洋樱桃花齐开放跟放焰火一样。五月樱桃红，就是品尝果实的时候了。

与樱桃沟相连的鲸鱼沟全是竹林与水库，是游玩的好地方。相传共工怒触不周山，天崩地裂，两条大鲸鱼驮了七十个百姓，逃到白鹿原,有点诺亚方舟的味道。鲸鱼游回东海时在白鹿原东西两侧留下鱼鳞状的深沟和河流,雄鲸鱼从蓝田入灞河,雌鲸鱼入浐河,在渭河相会回归东海。陈忠实"文革"后期担任灞桥公社革委会副主任,领一帮民工修建灞河堤坝,这种水利工程的社会活动是否造就了以后创作长篇小说的结构能力?

有意思的是中国文坛两位大师级的作家都与水利工程有关系。贾平凹早年曾在陕西商洛修过水库,给工地写标语,练就了后来的书法功底与自然山水的道家风骨。

位于白鹿原西北半坡上的思源学院,近千亩大,校园绿化面积百分之九十,典型的园林式学校。思源学院前身是西安交通大学机械工程学院自考辅导中心,经过公办民助,民办公管,民办民营,形成占地近千亩十四个院系四万多学生的民办大学,跻身全国民办大学前十名。这里建有"陈忠实文学馆""白鹿书院",许多专家学者作家评论家编辑来讲学交流。陈老师去世后贾平凹在悼词中写道:"文坛扛鼎角色,关中正大人物。"我认为这是对陈老师最好的评价,关中自古王者之地。《白鹿原》与《废都》呈现一种互补关系,如果说《白鹿原》写了关中男人的强悍和阳刚,《废都》则写了文人的颓废与绝望,前者是托尔斯泰的阳光灿烂,后者是陀思妥耶夫斯基的阴沉与黑暗。

2012 年

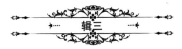

辑三

英雄末路情更浓

——读《陈独秀江津晚歌——一个人和一家人》

陈独秀的晚年生活也可以理解为他的日常生活。五四新文化运动的旗手,创办《新青年》,缔造中共,大时代的风云人物;中国历史三个黄金时代,先秦思想、魏晋风度、五四精神,三道金光集于其一身,倡导科学和民主,至死恪守知识分子的节操,至于其风度,孙郁在《狂士们》中对五四那一代人有精彩的描写。笔者迁居西安后,有幸在旧书店淘得三联书店1984年内部版上中下三册《陈独秀文章选编》,其文笔犀利老辣雄辩恢宏恣肆荡漾犹如先秦诸子之老庄荀韩。那些精彩的篇章如《欢迎湖南人的精神》《新文化运动是什么?》《克林德碑》所散发的青春气息与身边的青年学子交相辉映,实在是一种难得的精神享受。读其文想见其为人也,不但想见其叱咤风云神采飞扬的辉煌,也想见其英雄末路的壮丽余晖。这种体验得之于本人十年的西域生活,戈壁瀚海、群山草原、辉煌的落日能让人泪流满面。陈独秀、鲁迅那一代五四"狂士们"挟电带火犹如夸父再世,他们的人生舞台很适合在北方之北,在西北之西,十万个凡·高挥舞大笔策动群山大漠如虎如豹喷射生命的火焰,即使暮年也火光冲天。钟法权的《陈独秀江津晚歌:一个人和一家人》(人民文学出版社2012年6月版)写的就是陈独秀抗战时期在重庆郊区江津小城的最后时光。

这本书的第一个特点是内容。陈独秀一生曾五次入狱,抗战爆发,提前出狱,国土沦陷,陈独秀携老带幼随难民潮入川暂居陪都重庆,依然锋芒毕露,在报刊上一边呼吁抗日,一边针砭时弊。国民党受不了,骚扰不断。没有固定收入,重庆物价飞涨,且有日本飞机轰炸,贫病交加年老体衰的陈独秀近于安史之乱中颠沛流离的杜甫,战乱中只求一安居之所,重庆郊区的江津县(现江津市)就成了陈独秀人生最后的驿站。当时陪都重庆及周边地区是全国沦陷区人民的避难所,江津县聚集了大批安徽老乡,跟老乡住在一起有家的感觉。寄居同乡好友邓仲纯家不久,女主人不待见,陈独秀一家陷入绝境,江津当地富商邓燮康慷慨相助,由此拉开邓氏家族与陈独秀晚年交往的感人一幕。用书中话说,邓燮康属于红色资本家。邓燮康早年与妻子求学上海,听过陈独秀讲课,倾向革命,加入共青团;大革命失败,邓燮康依然从事地下工作,后来组织遭到破坏,邓燮康与组织失去联系,回到四川老家搞实业搞教育;抗战兴起,竟然给邓燮康提供了援助陈独秀的机会。末路英雄、一代豪杰、五四风云人物、中共缔造者的晚年才有了一丝温暖。挖掘这段鲜为人知的往事,正是这本书的价值所在。湖北荆门人钟法权也是得地利之便,川东与湖北荆门相邻,陈独秀正是从武汉逆流而上过长江三峡入川避难,到陪都重庆,这本书是接地气的。钟法权钩沉史料实地考察就能探寻到历史最隐秘的肌理。邓燮康的女儿邓敬兰,新中国成立后执教于西安东郊第四军医大学,是全国知名的核医学专家、一级教授,邓燮康曾在第四军医大学治过病。湖北荆门人钟法权在山西当兵,后调到西安第四军医大学,写过《大师,大师》,全是第四军医大学大师级专家学者,很自然对邓氏家族与陈独秀的交往产生兴趣。作者完全出于对伟人的敬仰,更重要的是对邓氏家族仗义慷慨古道热肠的感动。

陈独秀一生狂放不羁,霸气十足,穷困潦倒也气势不减,不好相处。许多书中都写了陈独秀叱咤风云时的狂放和霸气,虎落平阳英雄末路人生谢幕,从车水马龙到门可罗雀,钟法权笔下的一个个细节都给出了符合人物性格符合生活逻辑的解答。陈独秀拒绝国民党的诱惑,拒绝"托派"和日本人,很想回到党的怀抱,到根据地去,董必武以老朋友的身份来看他并代表组织只求他写一份检查做个姿态,被他一口回绝。当年的好友胡适要帮他去国外做学问,同样被拒绝,理由是全民抗战不想躲国外当"寓公",傅斯年热情相助反遭嘲笑,至于叛徒张国焘相邀他理都不理。早年好友邓仲纯的太太之所以不待见陈独秀,一方面是担心祸及丈夫,一方面也由于陈独秀生活不检点。陈独秀有逛妓院的嗜好,如日中天时可以忽略不计,虎落平阳时就会给自己带来许多麻烦。陈独秀即使寄人篱下也是不拘小节,大热天裸露上身让邓太太一顿数落。陈独秀曾在法庭上把法官律师驳得哑口无言,面对一家庭妇女,雄辩大师也品尝到了哑口无言的滋味。陈独秀在江津小城也是一波三折,离开安徽老乡邓仲纯,在江津富商邓燮康帮助下,陈独秀的生活稳定下来。革命一生亏欠家人太多,两个儿子为革命献身,身边只剩下了儿子一家和继母,伟人开始了日常生活和天伦之乐。陈独秀对继母极为孝顺,继母把他养大,也为他担惊受怕一辈子。最感人的是继母的葬礼,陈独秀平生第一次违背了自己的意志做出了让步,伟人身上有了烟火气。伟人实际生活能力极差,钟法权在书中大书特书陈独秀的最后一任妻子潘兰珍,也是书中亮点之一。陈独秀的情感生活也极为精彩,结发妻子去世后与小姨子结婚,轰动一时。与最后一任妻子潘兰珍的相识充满传奇色彩。陈独秀从上海出狱在街头巧遇上海烟厂女工潘兰珍,潘兰珍压根不知道这个当时年届五十的中年人的底细。不久陈独秀再次入狱,潘兰珍从报纸上知道与她相识的陈独秀是民国政府的要犯,这个没多少文化的上海女子从此死心塌地跟定了陈独秀,多次去南京探监,陈独秀出狱即结为夫妻。潘兰珍成为陈独秀晚年生活的支柱,一生为科学民主为工农大众奋斗的伟人,最终由一普通女子陪伴。上天既有好生之德也有一双慧眼。潘兰珍总让我想起陀思妥耶夫斯基的最后一任妻子,那个凝聚了俄罗斯女性所有美德的速记员安娜。邓燮康既是企业家,又是教育家,给陈独秀的儿子、儿媳在中学安排了工作,在生活上慷慨相助,也利用自己的影响介绍当地各界人士与陈独秀相识,不至于使伟人的晚年太寂寞。川人不但为抗战做出了巨大的贡献,也厚待了一代伟人陈独秀,陈独秀也把江津小城当成了世外桃源,不再谈论政治。每遇盛宴,放开肚子大快朵颐。书中有一个细节,天子门生胡宗南、特务头子戴笠求见,陈独秀坦然相待,不言及政治,其实他一举一动都在特务的监视下。他已远离政治进入更大的政治:民间。邓燮康不但介绍江津小城的各界人士给他,还把自己整个家族拉进来,包括自己的子女。邓燮康显然是把陈独秀当作孩子们学习的楷模。邓燮康的子女后来都学有所成,与他们的精神导师大有关系,晚年的陈独秀用他独特的魅力影响了江津小城。这本书写的不但是一个人与一家人的友情,也是与江津县的友情,蛛网一样井然有序,这就是生活的力量和民众心中永恒不变的民间道义,钟法权以湖北人的精细和医科大学专业的严谨把这种人物命运与社会生活的逻辑关系编织得严丝合缝,令人信服。

这本书的第二个特点是结构。开篇写邓燮康带子女去参加陈独秀的葬礼,叮咛孩子们着装朴素,不许戴花,孩子们不解,邓燮康告诉孩子们去参加那个讲安徽话的老爷爷的葬礼,十二岁的邓敬苏和更小的邓敬兰马上告诉父亲,她们读过陈爷爷的文章,陈爷爷当过北大教授,是五四运动的旗手。这个陈爷爷在他们家吃过无数次饭,早就成为她们的精神导师。第二章就写1938年穷途末路的陈独秀从武汉坐轮船到重庆。由此往下,单章写邓燮康,双章写陈独秀,交叉进行至陈独秀离开人世前夕,两股力量合为一处。邓燮康在新中国成立后,把所有财产献给公家,子女全部参加革命,邓燮康担任长江航运管理局重庆分局副局长;"文革"爆发,下放当油漆工,红卫兵抄家,红色资本家家里没有金条只有书。在西安第四军医大学执教的邓敬兰也受到牵连。陈独秀与邓氏家族可谓休戚与共。至229页陈邓两家命运相合,陈独秀离开人世的大限也到了,这本书的结构力量也显示出来了,即使在生命之火熄灭时,陈独秀晚年拼老命完成的《小学识字教本》在商务印书馆积压数年,仅为书名一个字至死不相让,书若出,稿费有数万大洋,完全可以使全家摆脱困境,陈独秀就是不改一字,仅印数百册油印本,这种死倔硬犟实在令当今我辈汗颜。

第三个特点即语言。史传而且是写伟人的晚年,风云不再,日常琐事,作者采用平实朴素极具理性的语言一一道来,既有理性逻辑的因素,也是所书写的主人公的精神气质使然。

最后要说的是第四军医大学(以下简称四军大)与西安古城。四军大前身是国民党中央大学医学系,大师辈出,湖北人钟法权的几部代表作全部写四军大,四军大绝对是一座写不完的富矿。

笔者2004年底迁居西安，执教于陕师大，深居简出，只去三所学校讲过课，老西军电一中学校友请求讲过一次课，为完成省作协的任务去西安工业大学讲过一次课，另一次是四军大。让我大开眼界的是四军大的标本展览馆，我平生第一次看到生命从精子卵子到米粒大到豆粒大到手指肚大一直到婴儿成形有头有脸，一部生命的史诗！对我的震撼只有当年天山康家石门子原始岩画上的生殖崇拜能与之媲美。湖北人钟法权的四军大系列作品给陕西文学带来了新气象。陕西报告文学纪实文学李若冰老人属开路先锋，后有冷梦、莫伸，钟法权也应该算一员大将。西安本来就是包容性极强的地方，汉唐时就是一座有大视野的国际大都市，西安人身上流动着波斯人古阿拉伯人的血液。长安画派的领军人物石鲁是四川人，赵望云是河北人，秦腔大师魏长生是四川人，湖北人钟法权居西安十余年，已经谙通司马迁《史记》的遗风，写人写物的传神细致实在是陕西文学一大亮色。

2014年

遥远的故乡
——读散文选《伊犁往事》

    1995年底我们全家离开新疆迁回陕西老家后,我常常隔两三年回一趟新疆。2009年夏天在伊犁河边的果园与一帮朋友喝酒,与郭文涟相识,一起谈到我写伊犁的一个中篇小说《复活的玛纳斯》,郭文涟对小说中写的1962年伊塔边民事件很感兴趣。我曾在伊犁州技工学校执教十年。伊犁有大小之分,大伊犁指整个伊犁州,包括伊犁地区、塔城地区、阿尔泰地区,小伊犁就是伊犁河谷的八县一市。我和郭文涟都是伊犁老乡,可谈的话题很多。2013年秋天我们又在伊犁见面,一个月前收到郭文涟寄来的散文集《伊犁往事》(安徽文艺出版社2013年7月出版),对郭文涟有了更深的了解。郭文涟属于疆二代,老家山西太行山,父母当年跟王震将军进疆,郭文涟则出生成长于伊犁和克拉玛依,他的子女应该是疆三代。

    《伊犁往事》中最让我感动的是《新疆,我的新疆》,文章开头就直截了当："我在新疆生在新疆长,但我从没有把自己当作真正的新疆人,总以为自己的故乡和爸爸妈妈一样,在遥远的莽莽苍苍的太行山里,总以为自己生来就是在新疆流浪,总有一天会回到故乡的。"直到后来,郭文涟在内地在渤海湾奔波生活了两年。"我这种感觉渐渐地淡下来,我感到自己不再是太行山某县的人了,自己的故乡不在口里,而在遥远的大西北新疆……尤其是当我遇到与我一样在内地奔走谋生的新疆人时,这种感觉让我刻骨铭心。"1995年冬天,郭文涟在北京车站与一位维吾尔族青年相遇,维吾尔族小伙子送给他一个馕。只有在新疆生活过的人才知道在内地遇到又黄又脆的馕和浓香的奶茶会有多么激动。回陕西我先居住宝鸡九年,觉得离新疆非常遥远,2004年底迁居西安后新疆离我反而近了,因为西安大街上有维吾尔族人的饭馆有馕有抓饭有拉条子,到广济街、大皮院、化觉寺这些古老的"回坊",就仿佛到了伊犁,到了喀什、阿克苏和乌鲁木齐。一千多年前丝绸之路兴盛时期,古长安不要说西域各民族兄弟,波斯人、阿拉伯人、粟特人、印度人都云集于此。翻阅《伊犁往事》几乎像坐在了火热的馕坑边,梭梭、红柳烧红了整个天地,掺和了皮芽子、芝麻和小茴香的馕饼在馕坑的四壁上吱吱叫着,散发出浓烈的香味。馕坑像个大熔炉,把西域大地各个民族烘烤在一起,生活的洪流无法阻挡人性的光辉灿烂如太阳。距离产生美,在内地奔波那些年,伊犁的美让郭文涟深深震撼。拥有两个故乡的人既恍惚又丰富。大地上越来越多的人生活在异乡，异乡渐渐成为故乡。这本书最大的特点就是把这种朴素的感情以朴素的文笔表达了出来。

　　传统上的朴素写实之笔都归之于白描，郭文涟所抒写的西域大地尤其是有塞上江南之称风光旖旎如画的伊宁市本身有一种罕见的壮美。我曾在一篇文章中写过：所谓我们新疆好地方其实说的就是伊犁，森林、草原、煤矿、野果林、肥沃的农田，精美的手工艺品，一千多年前就是中亚名城，清朝中后期流放伊犁的文人洪吉亮称伊犁为小北京，当年的伊犁将军府是整个西域的中心，即使中心东迁到乌鲁木齐，伊犁的肥沃富裕繁华依旧。《伊犁往事》大量篇幅描绘伊宁市的大街小巷，新华书店、商店、大杂院，犹如边塞《清明上河图》。我居住新疆奎屯十年，主管单位在伊犁，伊宁市的大街小巷很熟悉，绿洲饭店、水上餐厅、解放路、斯大林大街、阿合买提江路、俄罗斯中学、六根棍马车、堆积如山的苹果、高大的白杨、密如蛛网的水渠、伊犁河大桥、雅玛渡以上伊犁河风光无限的三条支流（喀什河、特克斯河、巩乃斯河）。这些壮美的风土人情应该归之为古朴传神的木刻图，文笔粗犷，但又粗中有细，准确地捕捉到一个个生动形象的细节，有纪实小说的特点，但又不是小说，不是虚构，全是真人真事，有人物有故事，超出了"散文"。这些古老的抒情方式在《诗经》里有，在内地早已式微，礼失而求诸野，《边城》还有这种感人的表达方式。写"二姐夫"时，那种坦诚真挚，让人有一种久违的感觉。兄弟姐妹多，家庭负担重,二姐夫在部队当连长,与二姐成家后,全家好像有了顶梁柱。也只有新疆人有这种感恩之情。托尔斯泰在讲述感染力时,特别强调感情的真挚,艺术感染力的强弱取决于三个条件:一是情感表达方式的独特性;二是情感表达的清晰程度;三是情感的真挚,而真挚是三者中最重要的因素。多民族混居的西域大地,虚情假意最为人所不齿。

真挚与感情相连的是全方位的"拙",不是书画艺术家们刻意追求"拙",是那个曾经在中亚度过金色童年的诗人李白的美学观念"清水出芙蓉,天然去雕饰"的天然之美。从立意、结构到语言,不讨巧卖乖。我曾听一位少数民族诗人谈论许多当红作家,她总是以太巧、太油滑论之,几乎对讨巧油滑有一种天生的厌恶,都快要掩鼻而逃,视之如粪土垃圾了,而油滑与讨巧在内地有时几乎是一种美德。《伊犁往事》的语言远离油滑与讨巧,如同从大漠戈壁走来,风尘仆仆但有赤子之心。一个月前我打开邮包,随手一翻,几句童谣就抓住了我的心:"雨啊雨啊大大地哈(下),光屁股娃娃不害怕。"陕西关中的童谣里则是:"天爷天爷甭哈(下雨)啦,地上的娃娃长大啦。"阿尔泰的孩子们在过年会喊:"雪啊雪啊大大地哈(下),蒸哈(下)的馍馍车轱辘大。"一个哈(下)把大西北连成一片。当年我初到新疆,哈密、吐鲁番的黑戈壁让我萌发打道回府的念头,乌鲁木齐的树让我稍安,去伊犁的大客车上,旅客们吵吵嚷嚷,一个卖狗子的让我听到乡音,过了果子沟在霍城清水河子吃饭时，两个当地人开玩笑，其中一位刚从野地里解手回来，另一位就说："跑那么远新疆的草日狗子里。"进了伊宁市，大街上十二木卡姆的音乐令人神往，我竟然听到秦腔的旋律，我就留在了新疆。秦腔的精髓就是情感的刚烈迅猛和朴拙。这也是我孜孜以求的写作境界。我总是以朴拙为标准衡量一本书。《伊犁往事》具备了这种品质。

2013 年

昨日重现:非虚构写作的壮丽画卷

——读徐怀中《底色》

暑假去新疆考察,开学才回西安,学校的信件都是开学才发放,许多邮件中我看到最为珍贵的徐怀中老师的心血之作,长篇纪实作品《底色》。匆匆看一遍后,利用国庆长假又细读一遍。首先向徐老师表示祝贺,这是一部感人肺腑的生命之书。

记得 2000 年秋天我十分荣幸地作为中国笔会代表团的成员出访日本,徐怀中老师担任团长,有扎拉嘎胡老师和诗人顾偕。除异国风情外,印象最深的是徐老师讲当年越战的那段经历。我还清楚地记得徐老师讲过的两个细节,在南越的密林坑道里一觉醒来,B-52 轰炸机的炸弹弹片与树枝树叶落满身上;另一个细节是越军一位将军吟诵的唐诗:醉卧沙场君莫笑,古来征战几人回。从那以后我经常在课堂给学生讲这两个细节。大学一年级基础写作课有"观察与体验"一节。我也不止一次对妻子说:徐老师应该把赴越南前线采访的那段经历写成一本书,这种非凡的经历与体验不是谁都能遇到的。没想到十二年后，徐老师八十多岁高龄写出了这段让人难以忘怀的经历，更没想到从书的序言中读到师母当年曾在陕西千阳参加过"四清"，千阳在关中西部，与我的家乡岐山相连，都属于渭北高原，也是古老的周原，读之十分亲切，师母对西北特有的地貌"塬"的描述十分生动准确，我就出生成长在这块土地上。这大概是我与徐老师相识的机缘。我更愿意把《底色》看成一个老兵的回忆。

第一，全书的叙述语调，从容有致，感染力中透着震撼力。一般来讲，这是两种不同的艺术力量。震撼力来自大起大落与汹涌澎湃的激情，而感染力是"随风潜入夜，润物细无声"。徐老师用十分智慧从容的语气一一道出越战中的一段段经历，被无数影视大片、小说、回忆录描写过的越战题材，在徐老师的笔下十分克制而又自然真切。钱理群先生研究鲁迅时说过，鲁迅的审美观就是"从容"，鲁迅不喜欢郭沫若的大吼大叫而把冯至视为当时中国最优秀的抒情诗人，冯至的诗"从容"，这种艺术品格用在徐老师这本书上是十分恰切的。

第二，这本书突出的特点是结构之美。人们把长篇小说视为结构的艺术，所谓短篇写艺术，中篇写人生写故事，长篇写世界，其实所有的艺术其关键都是结构，世界上的万物都取决于"结构"，即剪裁组织材料的功夫。这部书在我看来有三种结构：一是作者的采访过程，这是表层的对材料的处理。接到上级通知，当时应该是秘密任务,妻子也同时外出演出而后又到西北高原参加"四清"工作组。二是发掘采访对象的行为与内心世界。好的纪实作品都能达到这种"内结构"。在此,我们不能不思考这两年引人注目的"非虚构写作"。不虚构,肯定是纪实,直接叫纪实即可,为什么专用一个"非虚构"?这种命名的意义在我看来是有别于纪实文学、报告文学、特写专访的,与虚构相关,肯定要达到"艺术"的境界与效果。我们今天读范长江的《中国西北角》《塞上行》,就是一种巨大的艺术享受;范长江写的是实际发生的"真事",但我们读出了"小说"的味道。徐老师的这本书也是如此。刚开始读时,我没太注意师母序言在文本中的实际意义与作用,我以为是一般意义上的序言。记得 2000 年出访日本时,我亲眼看见徐老师每到一地首先打长途给师母报平安,还要寄信,我们都感叹徐老师与师母感情真好!扎拉嘎胡老师与徐老师是同龄人,告诉我们徐老师夫妇的美好生活。序言中师母写到她在陕西千阳黄土高原上读到报纸上美军 B-52 轰炸机轰炸越南南方的短讯,担心到极点,我误以为是亲人间的正常反应。读罢全书,我百感交集,报纸上的消息太简略,其实徐老师正在西贡郊外采访,遭遇这次大轰炸,夫妻的心灵感应很艺术地出现在书的中间部分,序言不再是序言,与全书浑然一体。令人唏嘘不已的是书的结尾处,作者采访归来,妻子因极度担心恐慌大病住院,接着"文革"爆发,一家人被贬出北京,到遥远的云南,作者当年服役过的地方。

作者及亲人就这样成为被"描写"的对象,命运一词在此完全属于"生命不能承受之重"或"之轻",这种结构艺术不是研究出来的,是拿破仑所说的"血写成的"书。这应该是结构的第三层意义,艺术结构即不仅仅用结构组织剪裁材料,还要用结构思想审视感情,这才是"非虚构"的真正用意。后记简略提及20世纪80年代初作者两部小说《西线轶事》与《阮氏丁香》,同样属于"内结构"的一部分。

第三,想象力之外的细节。结构就是盖房子的几根大梁与支柱,需要高质量的丰富而感人的细节。非虚构与小说的区别在于你不能虚构细节与人物。稍有阅历的人都知道,生活中发生的许多奇人奇事根本不是我们所能想象的。想象力是有局限的,这大概是非虚构写作的力量所在。这本书告诉我们许多无法想象的事情。作者赴越南采访,与街坊邻居话别,大家都一脸严肃而作者浑然不觉,谁都知道去越南可能有去无回,这种复杂的感情与体验非身临其境不可能有。军事常识教导大家飞机来时不要纵跑要横跑,作者当时已三十多岁,十多岁参加革命,久经战火,凭经验知道不可能这么轻易逃脱B-52轰炸。越南南方的解放区也完全不同于中国的解放区,竟然与敌占区近在咫尺,你中有我,我中有你。上自越共高级将领下至普通士兵,书中几十个人物形象栩栩如生。作者在林中休息睡尼龙吊床,梦中不时用脚蹬地,否则会翻跌下来,鞋子要放吊床上,否则会被水冲走,或成为蛇巢。

战后总结会上将士们的抱怨与检讨,让作者回想起当年挺进大别山,二野与小诸葛白崇禧部狭路相逢,部分官兵怯战,刘伯承大怒,给干部开"安卵子会"。这些丰富精确的细节与人物群像成为这座艺术大厦的有机部分。徐老师曾告诉过我他的写作习惯,每篇作品下笔前在脑中过好几遍,每个词句子标点符号都不放过,还要讲给师母听,下笔时基本是成品了。读这本书,简洁准确,没有一句多余的话。

第四,精彩传神的议论。徐老师是一位职业军人,但骨子里是一位热爱和平的仁者,这种和平与人道主义意识充分地体现在左右纵横的精彩议论中。书中引用威斯特摩兰将军的回忆录《一个军人的报告》时,一方面用来实证每次战役与冲突,另一方面语带嘲讽。而对麦克纳马拉则表现出宽容与理解,麦克纳马拉当年成功地躲开了越共的暗杀,但这次暗杀也直接导致了麦克纳马拉结束越战的信念,从更高的意义上讲阮文追烈士完成了他的使命。书中同时写到了著名的战地摄影大师罗伯特·卡帕的经典镜头,以表达作者对和平的渴望。我记得小时候我是那么渴望战争,向往拼杀,祖父曾在傅作义部队当过兵,参加过抗战,祖父告诉我战争的可怕,祖父没有讲战争本身,而是讲他们行军中大雪纷飞或大雨滂沱,士兵们看见村庄的灯光或寒窑里的一点光亮,都羡慕得要死,好多年以后,成家立业才明白了祖父的话。读这本书,徐老师字里行间所渗透的全都是人类亘古以来的朴素的对美好生活的简单诉求。这也是这本书最感人的地方。

后记中作者提到了20世纪七八十年代的对越自卫反击战，作者再次上前线采访，写了著名的《西线轶事》与《阮氏丁香》，可以看作此书的前奏。

徐老师当年在云南生活过，澜沧江出青藏高原从云南出境成为东南亚的"多瑙河"——湄公河，当年写下《我们播种爱情》的作者从文学生涯开始的时候就贯穿着一种和平思想与人道主义精神。我们也就明白徐老师在军艺创办文学系时培养出李存葆、莫言、朱向前等一大批优秀的军旅作家，这些作家既是军旅的也远远超出军旅，尤其是莫言。本人有幸聆听过徐老师的教诲，写下这些文字，已经是班门弄斧了。如果有建议的话，我建议书名能否响亮一些：《越南南方采访手记》《越战采访手记》，与越战一词连上会更好。当然，《底色》朴素、冷峻，有揭示本相之意。

2013年

从草原歌舞到关中神韵：我和我的主人公

——《少女萨吾尔登》创作谈

简单的文学常识，小说主人公大都有原型，我的主人公们在作品手稿中都是原名，亲切生动传神，他们重视昨天时光，定稿时他们全进入化名，跟特务一样。尤其是长篇小说中的人物，其原型大都在身边晃动，我常常处于恍惚中。两个月前和妻子乘公共汽车上街，车过西安小雁塔，妻子忽然看见长篇《生命树》的主人公原型边走边吃东西，当年在伊犁我们的陕西乡党，回陕西后很不如意，在宝鸡时来过我们家几次，迁居西安后就失去联系。我安慰妻子，可以在西安慢慢打听他的下落。不久，我们一帮中学同学聚会，其中一位从遥远的伊犁赶来，他告诉我《生命树》中那个主人公 2008 年已经去世了，那正是我动笔写《生命树》的时候，那年冬天我母亲也去世了。亲友的离世让我想念哈萨克人传说中的生命树，那永恒的创造天地万物的常青树上，每片叶子都有灵魂。我好久都不敢告诉妻子这个消息，《生命树》就像一个纪念碑。《西去的骑手》中那个维吾尔族诗人穆塔里甫，我初中时在《革命烈士诗抄》中读过他的诗，完全可以跟普希金相媲美的诗人，我总是把他的诗跟普希金的抄在一个本子上，多少年后我大学毕业西上天山，来到伊犁带学生实习时路过穆塔里甫的家乡尼勒克，蒙古语婴儿。穆塔里甫发表作品时的笔名"卡衣纳奥尔凯希"，就是波浪的意思。我写《西去的骑手》时就把沙漠写成了海洋，这种小说只能写在天山脚下，只能以大漠瀚海为背景。尕司令马仲英和穆塔里甫这股神秘的力量把我从关中拉上了天山。长篇《乌尔禾》中我不经意间让陕西与西域连在一起，海力布叔叔其实就是陕西人刘大壮，抗美援朝的伤残老兵。我祖父就是抗战老兵，在内蒙古草原数年，抗战胜利后复员回乡，小时听他讲国军抗战，我一概不信，祖孙争吵不断，祖父讲蒙古往事我就无限神往。父亲是二野老兵，在青藏高原多年，我注定要役于边疆，汉人刘大壮几乎是祖父与父亲的翻版。自张骞通西域，陕西话就是丝绸之路上的国际语言，中亚哈萨克斯坦、吉尔吉斯斯坦陕西村的回民至今还说一口清朝同治年间的关中方言，还创造了一种陕西味的东干语，东干人即来自中原东岸子。长篇《好人难做》的主人公马奋棋算是地道的关中西府人，不管我西上天山，迁居宝鸡，再迁居西安，关中西府的周原是我的故乡，回乡就能见到可爱的马奋棋，让我悲喜交加。长篇《喀拉布风暴》中大半内容已经是在写陕西了，"天山系列"扩展成"天山—关中"丝绸之路文学世界，新疆人孟凯落户西安,陕西人张子鱼西上天山,张子鱼有我自己的影子。

我常常跟我的主人公纠缠不清,这部新书《少女萨吾尔登》也一样,主人公周健应该是我诸多主人公中跟我关系最近的一位,我的发小,铁哥们儿。我们一起与邻村孩子打架,一起上北山摘杏掏野鸡蛋。北山就是横亘在关中平原与陕北高原之间有名的岐山,古公亶父当年率族人涉漆水逾梁山,过岐山主峰箭括岭落脚周原成为周人。野鸡窝里常常蹿出蟒蛇如火焰,让人噩梦不断。有时间因吵架我们不说话,见面招呼都不打。正好是夏收季节,晚上都要干活,吃晚饭时我负责看打麦场,他修电源,我转几圈过来发现他在地上打滚身上冒烟,我吓坏了,拿起木锨打断电线,喊人,大人们赶来送他去医院,抢救过来了,我们又成好朋友。我上中学时,他不再上学,到几十里外的化肥厂当修理工,工厂在铁路边,火车不断,我很羡慕。我已经上中学还没见过火车,连自行车都不会骑,他就骑车驮着我跑几十公里去看火车,让我眼界大开。后来我上大学,又去新疆。新疆归来后,他也是村里第一个来看我的,不管我把新疆说得如何天花乱坠,他一律不信,长谈半天,末了来了一句宏科在新疆吃大苦受大罪啦,把人没吃的苦都吃啦。我无言以对。内地别说农民,大学老师听我聊新疆也是满脸迷惑,因为不符合他们对边疆的想象,人们总是把西域想象成月球一样荒凉,稍有人间烟火就陷入浪漫主义。从小玩大的伙伴如此待我我也无话可说，他跟大家都认为我"回来"了，回到天堂般的故乡。我这位可爱可敬的伙伴，当年在工厂当修理工时一位同事不慎拉开电闸，正在搅拌机里作业的他顿成残疾。未婚妻没有落井下石，依然嫁给了他，算是人生最大的安慰。我是农民的儿子，从小干农活，上学后也是边念书边干活，是村里的壮劳力，上大学也是如此，开学时是洋学生，放假就下地干活，晒成黑人，大学毕业好多年手上老茧还没褪完。工作后又是技工学校，带学生实习，对工厂企业又有所了解，见过许多工伤事故，从震惊恐惧、百思不解到习以为常。回陕西后，见到伤残的伙伴，所有的记忆再次苏醒，融合成书中的周健，摇身一变成为走出校门苦苦挣扎的大学生。在最初的构思中，搅拌机扭断周健的那一刻就应该画上句号，故事到高潮戛然而止，富有戏剧效果，给读者留下想象的空间和极大的震撼。可我天性不喜戏剧性，强烈的戏剧瞬间与过分匀称的结构往往会限制小说的艺术表现力，艺术跟人一样不能太作，艺术是有生命的，有生命的生长过程，既应和大自然的生命节奏，又顺乎人物彼此间的和弦与旋律。这部小说动笔前我因病住院，医院对我来说曾经那么遥远，也等于给我打开另一个世界。出院后开始动笔，原先的构思统统作废，写到周健受伤那一节正是全书三分之二，更大的难度应该在后三分之一，我童年时的发小，我的乡党，这个时候我才体验到他当年受伤后面临的命运的挑战与难度。古老的周原不能医治周健，周健那个来自天山巴音布鲁克草原的蒙古族婶子金花用卫拉特人的歌舞萨吾尔登来医治周健，周健美丽的未婚妻张海燕就成了天山雪莲的化身。少女萨吾尔登把萨吾尔登歌舞推上生命的顶峰，在那里动物与人成为兄弟，天地万物融为一体。故乡周原曾是周秦王朝的发祥地，也是《诗经》《穆天子传》《封神演义》的源头。唐以后，重心移向东南，关中失去光彩，说白了关中不再是游牧民族与农业民族的大熔炉，跟西域断了血脉。这种断裂使得宋元明清精致有余，雄浑博大不足。

我曾多次写过西域各民族文化对我的影响，尤其是歌舞，包括天山阿尔泰山的原始岩画，那些生殖崇拜的画面让我明白舞蹈起源于男女交欢后情不自禁的肢体运动，中原文人只告诉你情动于中而形于言，感发于天地万物，这些含蓄内敛的文字都不如岩画生动传神，岩画能表达情怎么动，生命的神秘美好庄严全在其中。我曾用许多西域歌曲做小说的主旋律，这次我采用了卫拉特蒙古人的萨吾尔登歌舞，在《诗经》那个年代，中原人如此歌唱过狂欢过，后来礼仪化了，理学化了，道学化了，难能可贵的是理学盛行的宋代，关中西府周秦故地出了一个大儒张载，也是关学的奠基人。张载最有名的就是："为天地立心，为生民立命，为往圣继绝学，为万世开太平。"张载另一个重要的思想就是《西铭》中提出的"民胞物与"的"大同"世界，人人都是我的同胞，万物都是我的同伴，人人都是上天之子，连君主也是天地之子中的一员。

几乎接近基督教中的耶稣,上帝之子即人之子,陀思妥耶夫斯基的创作宗旨就是通过肯定上帝来确立人的存在,陀思妥耶夫斯基对上帝的理解是否得之于他在中亚大草原的流放生涯？远远超出俄罗斯大地的中亚大草原更接近上帝的存身之处——苍穹,也就是蒙古人心目中的长生天,有鞑靼和波兰血统的陀思妥耶夫斯基血液中的草原意识在中亚腹地彻底苏醒,另一位对陀思妥耶夫斯基诗学进行完美阐述的学者巴赫金同样也有过一段刻骨铭心的中亚边疆岁月。我这个关中子弟在中亚大漠重温关学大师张载的《西铭》,甚至觉得关学的精髓尽在卫拉特土尔扈特蒙古人的萨吾尔登歌舞中。当年渥巴锡汗带领土尔扈特人东归天山母亲的怀抱,二十万人归来只剩七八万人,大多数人死于途中,你就能体会到萨吾尔登舞蹈中人与动物以及天地万物的兄弟情谊,那种弥漫天地的超越苦难与死亡的大爱用来医治周健的创伤再好不过了。那一刻关中少女张海燕成了卫拉特土尔扈特蒙古人的一员,翩翩起舞于关中渭北高原。

最美丽的树

——文学创作谈

我曾经是新疆伊犁州技工学校的一名教师,伊犁州真正算得上中亚腹地的一个好地方。有一首歌曲《我们新疆好地方》,不客气地说,新疆的好地方全在伊犁,伊犁州包括整个西天山的伊犁河谷,南北走向的塔尔巴哈台山脉,中亚与北亚大草原分界处的阿尔泰山脉,即行政划分的伊犁地区、塔城地区、阿勒泰地区,几乎全是草原、森林、河流、湖泊、粮仓的集中地,伊犁河谷被称"塞外江南",跟法国普罗旺斯一样生长着紫色梦幻般的薰衣草。阿尔泰即是金子与宝石之地,塔城是有名的中亚粮仓。笔者当年刚刚落脚新疆,领导特批一方木料,来自天山西部大森林的白松木,在陕西老家哪见过这么好的木料,散发着伊犁河谷特有的浓烈的清香,一个假期就干透了,很快就打成家具。我在天山脚下总算安营扎寨有家了。

从我居住的小城奎屯去伊犁有两条路:一条即乌伊公路,沿天山西行过果子沟；另一条向南走独库公路翻越天山达坂，在崇山峻岭中的乔尔玛向西进入伊犁河上源喀什河谷、巩乃斯河谷，途经唐布拉草原、那拉提草原，也是天山最茂密的原始森林带，包括云杉、白桦、红桦、野核桃、野苹果等，其中一棵云杉变成我屋里的家具，途中休息时，我走进阴凉的林中，抚摸一个粗壮的树桩，可以坐两三个人，有很深的裂缝，可以插进一只手，可以感受到来自大地深处的力量。后来我写过一个短篇《树桩》，小说的主人公坐在树桩上下不来了，树桩冒出了树液，人跟树合在一起，长在一起。这条路一年只有七、八两个月可以通行，凶险至极，又奇妙无比。唐布拉草原与那拉提草原，是地球四大最美丽的草原之一。蒙古语唐布拉意为印章，那拉提意为阳光，蒙古兵征服世界后翻越西天山，冻得直跳，进入那拉提草原，迎来温暖的阳光，就高呼那拉提。草原之外，西天山的悬崖陡壁、深沟大壑，常常令人晕眩、惊叹，盘羊、大头羊、北山羊、岩羊，傲然立于悬崖绝壁，要不是那一声声鸣叫，会被误认为岩石的一部分，而岩嘴上的孤树给人最初的印象完全是一只展翅欲飞的苍鹰，真正的苍鹰悬于空中一动不动，俨然一棵傲然挺立的树。奎屯河的上源乔尔玛是这种奇观异景最集中的地方。我专门写过短篇小说《乔尔玛》与《雪鸟》，写那些身处绝域的水工团职工。每一次过天山达坂都有一种有去无回的悲壮。2009年夏天刚刚给长篇《生命树》画上句号，突然有一个机会来新疆，从伊犁过那拉提草原、唐布拉草原，可以看见乔尔玛水文站的雪山了。遥望乔尔玛，我百感交集，乔尔玛有烈士陵园，那里躺着为修建独库公路牺牲的工程兵烈士，从乔尔玛开始的奎屯河上源，先后有七十多位水工团职员殉职。水工团就在我们隔壁，朝夕相处，我生活的奎屯绿洲就靠这条河滋养。

位于天山北麓准噶尔盆地南缘的奎屯是伊犁州自然条件最差的地方了。戈壁沙漠中的一块绿洲，跟伊犁河谷没法比。无论从哪个方向回奎屯，都必须穿越大戈壁。远远看见树影，心头一热，快到家了。树越来越清晰，树冠、树干、树叶，甚至树根的走向都历历在目。靠近奎屯有一个地方叫四棵树，让我回味思考了好多年，直到2002年回陕西好几年了，我忍不住写了短篇《四棵树》，写一个孩子对祖父与树的向往。那些大漠上的孤树很容易让人想到饱经风霜的老人。在乌伊公路路边饭馆吃饭时，我曾见到一个孩子跟杂技演员一样沿着裸露于地面的树根疾走，小家伙一定把自己想象成高空王子阿迪力了。这个细节不由得让人把大地与天空连在一起。还是在天山腹地的乔尔玛水文站，水工团的职工告诉我：天山里的树都是自然生长，栽不活的。那个中年汉子也弄不明白，只是说很怪，风吹来的种子落在山坡上，该长就长，不该长就没那个命。也就是古人说的，强大的生命一定是"随物赋形"，"不择地而生"。

与天赋神境的伊犁、阿尔泰不同，奎屯、石河子这些垦区都是军垦战士们的杰作,先在绿洲边上建林带挡住风沙,才能让庄稼长起来。执教于技工学校就有机会走遍天山南北。新疆更多的是戈壁沙漠。一上路就是七八个小时、十几个小时,树就很容易成为一种梦想,成为一种精神性的东西。也就很容易理解古代的波斯诗人把他们的经典之作命名为《蔷薇园》《果园》《真境花园》。维吾尔人的祖先回鹘人最先居住在蒙古大漠,那个时期的回鹘人在他们的神话传说里,把自己的祖先当作树之子,树窟里诞生了生命,就是他们的祖先。《乌古斯传》中的乌古斯就在树洞里发现一位美丽的少女,乌古斯娶少女为妻,生下四个英雄的儿子。在哈萨克、柯尔克孜等草原民族的英雄史诗里,英雄的诞生都有一个共同的开始,老汗王无子,王后去森林祈祷,在林中怀孕,然后生下树一般高大雄壮的儿子。我们就可以理解成吉思汗成为可汗之前,就在"三河之源"的不儿罕山下看中了一棵树,当时就告诉左右,死后以此树安葬自己。蒙古人的可汗陵墓也堪称人间一绝,绝不会跟汉人帝王样大兴土木费那么大劲安葬自己,蒙古人仅仅用几丈白布一根圆木掏空,掘土而葬,简简单单,明明白白,一如辽阔平坦的大地。生命没那么复杂,复杂不等于丰富,更多的是苍白,是虚张声势。1998 年我写中篇《金色的阿尔泰》时忍不住写到了树,写到了哈斯·哈吉甫的《福乐智慧》,那一刻我才明白从 1983 年发表处女作用"红柯"这个笔名到 1998 年写《金色的阿尔泰》,红柯就是一棵树,就是树上的一根小小的树枝。

那时就有写《生命树》的想法。我还是认为那时我的功力写一根树枝尚可，写完整的一棵树远远不够。2000年写了中篇《库兰》，写神奇的野马，在创作谈中我告诫自己：西域有大美，愈写愈觉我辈之笨拙。还有一句话是：中亚腹地的许多素材不宜过早地涉猎，太早会糟蹋这些质地优良的素材。2001年写长篇《西去的骑手》，这是我首次以长篇来抒写中亚大漠雄风。其实，这部书的底稿完成于1992年，草稿意味着粗糙，需要潜心打磨。这是一部西部英雄史诗，写生命的强悍、高贵与脆弱，人在大漠如朝露一般，大漠在生命里又会成为大海。这也是一部男人的书，以至于全是清一色的西北汉子，马仲英传奇一生中有俄罗斯少女，有海外华人女飞行员，那个叫林鹏侠的女子后来写了一本书，回忆她与马仲英的交往过程，超凡脱俗的英雄美人故事。这些儿女情长都被剔除掉了。英雄时代的中亚大漠应该是骨头的世界，刚性的世界。男人们的英雄梦。后来《文艺报》记者湖南人刘颋问我："你还能写出《西去的骑手》这样的书吗？"我想了一会儿告诉她："不可能了。"有些书写一本少一本。有次开作代会，湖南作家何立伟对我说："我喜欢《西去的骑手》，何顿也喜欢。"湖南人有英雄气，喜欢《西去的骑手》一点也不奇怪。就像乔尔玛水文站的中年汉子告诉我的，风吹来种子，该长就长，不该长就没那个命，这就等于告诉我们，作家与作品应该是长出来的而不是制作出来的，应该有一个漫长的有机的生长期。当《西去的骑手》把柔性的元素压到最低极度时,反弹势在必行。2002年我被弹回了额尔齐斯河边,中国内陆唯一通往北冰洋的河流。我曾带学生多次去阿尔泰实习,不止一次听过北极熊从遥远的北冰洋来到阿尔泰山的传说。我相信这些传闻。我很容易把我小时候在陕西渭河北岸黄土高原读到过的艾里·库尔班的故事跟眼前的现实联系起来。艾里·库尔班是熊与人的后代,力大无比,能拔下一棵树,能把老虎撕成两半。多少年后这个故事在我心中复活了,跟阿尔泰山与额尔齐斯河的现实联系起来,就成了长篇《大河》。这是人与熊的故事,熊给人的生命注入活力,被评论家誉为现代童话。大漠里的家园是需要大河来滋养、来灌溉的,而人类的生命需要动植物来相助。庄子的齐物论思想从来没有像现在这么紧迫。大自然不再是一种背景,而是一种精神存在,是一种心灵的内在需要。

2006年我写了长篇《乌尔禾》,这是有关羊的神话。我的成名作短篇《美丽奴羊》就写了羊,在《乌尔禾》中羊成为整个"新疆生活的底色"。用诗人昌耀的话讲:"在善恶的角力中/爱的繁衍与生殖/比死亡的戕残更古老/更勇武百倍。"草原大漠的底色不是狼而是羊,我也写过狼,《狼嗥》《披着羊皮的狼》这些狼都败于羊。羊的生命进入海力布叔叔的生命,汉人刘大壮就成了蒙古人海力布,能听懂兽语,少年王卫疆在精神导师海力布抚养下有了羊性,才有可能成为燕子姑娘梦想的白马王子,那种伤害就不再是世俗意义上的背叛,而是女性生命的自由生长。2010年希腊萨洛尼卡书展上当有人问我"边地生活与内地生活孰优孰劣"时,我这样回答:"人类生活无所谓边远与中心,哪一种生活更人性我们就过哪一种生活。"

在那些草原民族神话传说与英雄史诗里,树总是与女人、与生育连在一起。《大河》《乌尔禾》仅仅是女性世界的开始,而且长势喜人。我还记得我在天山脚下第一次听"生命树"传说的情景。这是哈萨克人对宇宙起源的解释,哈萨克人没有说这是一棵什么树,只说是一棵生命树,长在地心,每片叶子都有灵魂。从那一刻起,大地上的树就在我的世界里不存在了,包括给我做家具的天山云杉、阿尔泰白桦树、山岳般的榆树、房前屋后的杨树、大漠深处千年不死千年不倒千年不腐的胡杨树,都不符合哈萨克人传说中的"生命树"。从地心长出来这么一棵树,那地球算什么?我曾在一篇文章中写道:地球是一只长翅膀的鸟,栖居在生命树上。地球有生命,有呼吸,有血液,有心跳,我相信古老的夸父追赶太阳回至大漠,毛发化为草木,血流化为河流,筋肉化为泥土,骨头成为山脉,我相信周穆王一次次地到西域昆仑会西王母,因为周人来自塔里木盆地,用他们在大漠绿洲的种植技术,开发了我的陕西老家岐山,岐山成为周的龙兴之地。周人的伟大母亲姜嫄踩巨人脚印怀孕,生下农业神后稷,培育五谷。作为周人之后,在天山脚下遥望《穆天子传》《山海经》这些汉民族古老的神话传说,很容易融入准噶尔大地厄鲁特蒙古人的大公牛传说,哈萨克人的生命树传说，维吾尔人的少妇麦西来普尤其是生命树，哈萨克人以此来结构宇宙；西北黄土高原的汉族剪纸艺术又以生命树来糅合松鼠、仙鹤、鹿、猴于一体，包融了整个宇宙天地。那一刻我才明白，先秦那个大时代，也就是《穆天子传》与《山海经》的世界，西域与中原是一体化的，共同的想象力直达宇宙的本源，以至于地球的另一端地中海岸边的古犹太人也有卡巴拉生命树的传说，与在东方的生命树惊人的一致，即人在自然中的位置，传说中的生命树就成了我的小说《生命树》的基本框架。丝绸之路东起长安，沿秦岭—祁连山—天山而行是有道理的：那也是黄河流经之地，山河、山海不就是大地的基本结构吗？不就是宇宙天地的精神吗？山河、山海是经，是生命的经典，超过三坟五典。理论是灰色的，生命之树长青。海涅总结莎士比亚戏剧时说，莎士比亚有他的三一律（地点一致、时间一致、情节一致）：同一地点就是整个世界，同一时间就是永远，同一情节就是人类的活动。丝绸之路不单单是商道，还是灵魂之旅、精神之旅、神话之旅，抒写人性的目的是探索人性的顶点，即神性，没有人性内在的光芒地球就是一堆垃圾。

　　我现在居住的城市西安南郊的大雁塔就专门为高僧玄奘而建，在大雁塔南边还有王宝钏住过的寒窑，在西凉招了驸马的薛平贵；回长安探望王宝钏，还要耍小心眼儿反复试探守身如玉的王宝钏。长安当地人另一个传说：薛平贵压根儿就没有回长安，王宝钏最终在寒窑化成灰。老百姓不忍王家三小姐有如此悲凉的结局,运用民间想象力让那个负心汉薛平贵衣锦还乡回长安探寒窑。王宝钏野菜度日十八年,"十八年老了王宝钏"。陕西方言老了即死了。《生命树》里的伊犁女子李爱琴到小说结尾时的悲壮与凄凉不由得让我想起寒窑里的王宝钏。2006年刚写完《乌尔禾》,我就得到一次回新疆的机会。2009年夏天写完《生命树》,以伊犁女子李爱琴结尾,一周后我就来到伊犁河畔,看着汹涌的伊犁河波涛,我再次想起李爱琴与丈夫在伊犁的生活,一切如同梦幻。天山—祁连山—秦岭一脉相承。丝绸之路基本沿山而行。连清真寺也是唐代的长安化觉寺,清代的乌鲁木齐陕西大寺,伊犁伊宁市的陕西大寺。清末陕西回民义军败退中亚又形成陕西方言为主的东干人,即黄河东岸子,中原人的意思。陕西方言给整个大西北以至中亚打上了强烈的底色。西域本来就是《乌古斯传》《江格尔》《玛拉斯》这些史诗流行的地方。《生命树》中的乌苏与奎屯以奎屯河为界,乌苏是西域古城,又是蒙古人的草场,乌苏蒙古人演唱的《江格尔》别具一格,这就是我把《生命树》的场地放在乌苏的原因。生命树应该长在亦农亦牧的地方。修改这部书时我不得不把生命树最终确定为胡杨树,维吾尔人把胡杨叫托克拉克,意即最美丽的树。大地上最高的不是山是树。

2012年

无边无际的夏天

——《喀拉布风暴》创作谈

　　我曾在《大地之美》的文章中写过中亚腹地的地名,乌鲁木齐、伊犁、阿尔泰、阿力麻里、可可托海、福海、喀纳斯湖……这些蒙古语地名追根溯源就是一部美不胜收的大书。从写新疆的那天起我的大多作品就以地名作为书名。我所居住的小城奎屯,我反复抒写还不足以了却心愿,专门写一长文《奎屯这个地方》发表在《收获》杂志上。新世纪开始,我以长篇的规模写《乌尔禾》,奎屯垦区农七师最边远的一三七团所在地,克拉玛依的一个区,走向"金色的阿尔泰"的必经之地。与奎屯相连的乌苏则以长篇《生命树》去完成。乌苏以西就是博尔塔拉蒙古自治州的精河县了。精河县再往西就是阿拉套山,中国与哈萨克斯坦的边境线。

　　有关精河,我曾写过短篇《鸟》《玫瑰绿洲》《野啤酒花》。我的叔父一家在精河托托镇农五师九一团,叔父已经去世。记得初到新疆时,去托托看望叔父,从乌伊公路下车,穿越戈壁走大半天，返回时必须在路边等车。婶子一连数天给我妻子讲兵团往事。这些都成为我后来的小说素材。精河是进入伊犁河谷的必经之地。不管是沿天山乌伊公路往西，还是沿塔尔巴哈台山、巴尔鲁克山、阿拉套山往南，到了精河算是沙漠戈壁的尽头了，一路征尘，到赛里木湖边洗涤一新，真正的脱胎换骨。

我在精河遇到过无数次沙尘暴，在艾比湖畔见识过从阿拉山口飞来的暴雨般的鸟群，遇到沙暴，大片的鸟儿折翅而亡，短篇《鸟》就写这场厄运。新疆十年，我大半精力用于搜集各民族的史诗神话歌谣，与内地的唯一联系是自费订阅《世界文学》与《读书》。1987年1期的《世界文学》刊有略萨的《酒吧长谈》，封底则是智利大画家万徒勒里的《迁徙》，画面是一群潮水般飞向新大陆的鸟，一下子拉近了穿越阿拉山口沙尘暴的鸟群与这个世界的距离，那时我就萌发了写精河的念头。

很荣幸，我曾是伊犁州技工学校的一名教师，技工学校的好处就是带着实习的学生走遍天山南北，车工班、钳工班则在工厂待两三个月，锅炉班则在一个陌生的地方一待就是一个冬天，这个地方也就不陌生了。最有挑战性的是汽修班与驾驶班，基本上是游牧生活的翻版，比转场的牧民跑得更远节奏更快。天山南北的大小公路，国道、省道、县级公路、乡村砂石路都跑遍了。最实际的问题，带学生实习可以拿补助费。我在新疆那十年，边疆与内地相比还有工资上的优势，我一直对新疆心怀感激，很大的原因就是这块热土让我成家立业，我还能挤出钱来供内地的弟妹们上学直到大学毕业。

二十四岁到三十四岁是一个热血沸腾的岁月，技校汽修班的学生大多都是自治区三运司的子弟，汽车从小就是他们的玩具，上技校纯粹是来拿文凭，技术比老师好，他们能把汽车开成飞机。那种疾驰如飞的感觉让人永生难忘：夏天就像在火焰中穿行；冬天，即使遇上暴风雪，一碗奶茶下去，连吞几十个薄皮包子，很快就大汗淋漓热汗蒸腾，跟汗血马无异。热血沸腾的岁月，压根儿就不存在冰天雪地，没有夏天与冬天的区别。康拉德写过《青春》也写过《黑暗的心脏》，一种超越无限空间与无限时间的速度会在冰雪里触摸到火焰，在夏日阳光的烈焰里感觉到冰凉。舍身穿越阿拉山口的鸟群应该在时空之上。2004年迁居西安，打不到出租车我会搭乘摩托，游击队一样穿越西安的大街小巷直达目的地，重新找回西域大漠疾驰如飞的感觉。

在西域大漠，我总是把冬天看成夏天的延续，把暴风雪看成更猛烈的火。

还是在精河，在大片大片血色海洋般的枸杞以外，我平生第一次看到了壮如男性生殖器的地精——锁阳与肉苁蓉，理所当然地听到了许多有关地精的神奇传说。我相信这都是真的。西天山、阿拉套山、阿尔泰山的岩画上的男性生殖器与生殖器周围狂舞的丰臀大乳的女子，比任何一本艺术专著更形象地教育我：这才是人类舞蹈艺术的起源。

可以想象在赛里木湖边听到哈萨克歌手唱起那首有名的古歌《燕子》时我有多么震撼。正是这首民歌最终把精河大地，把阿拉山口飞来的鸟群与神奇的地精联系在一起。文学是有生命的，有生命的春夏秋冬，西域的底色应该是夏天，夏天的炽热清澈，赤子般的激情，如同浴火重生的凤凰，借用韩少功《文学的根》，西域的文学之根深深地扎在太阳里，那巨大的火球既是生命的动力也是万物之源、万物之根，也是文学的根，地精就是生长在沙漠里的太阳。

我还是有些不自信。2012年8月初稿子寄《收获》时，特意给程永新寄一张录有各种版本《燕子》的CD，西安音乐学院附近有专门制作CD的小店。当年给李敬泽寄《美丽奴羊》时，也曾附过一张美利奴羊的图片。西域有大美，足以让任何艺术创作相形见绌。

2012年8月初，稿子刚寄出就有机会重返新疆，接待我们的是新疆作家协会副主席。女作家叶尔克西唱了哈萨克民歌《燕子》。我还记得1992年在自治区作协大楼里，《中国西部文学》副主编郑兴富老师用那悠扬的四川口音叫"叶尔——克西"的情景。那时我是新疆作协的会员，那栋大楼里有陈柏中、都幸福、胡尔朴、张孝华、肖嗣文诸位老师，肖嗣文老师的歌声那么动人，犹在耳边。还有《绿洲》的虞翔鸣、刘岸，我差点成为《绿洲》的一员。

1995年底迁居陕西，1996年春天我成为陕西作协的一员，接待我的是京夫老师，高大消瘦，刚刚从天山归来的我第一个念头就是京夫老师应该吃一只新疆大肥羊。京夫老师已经不在人世，他的文学精神离我们很近。沙漠已经成为我生命的一部分，沙漠既有变幻莫测的狂暴恐怖毫无确定性的一面，又有沉默宁静从容大气的一面。这种内在的不确定性应该是大漠的本色，真正的艺术也应该有这种内在性与不确定性的品质。

最后感谢重庆出版社，2011年秋天就专程来西安跟我约稿，那时没人知道我正在写的新长篇。我总是在完稿后才找书名，这也符合一个新生命的诞生过程，先有孩子再给孩子起名。

辑四

教师生涯

　　执教快三十年了,老教师了,教一辈子书了,用"生涯"这个词也说得过去。最初很不情愿当教师,教书不就是卖嘴嘛,生长在农村笨嘴笨舌,农民天生厌恶爱说话的人,巧言令色者统统叫水嘴。大学上的偏是师范,大学四年埋头苦读,沉默寡言,以至于同班一位好心的同学担忧我毕业以后怎么办。幸好学习努力成绩不错,大学毕业留校没当教师,在校宣传部编院刊,大学期间发表了三十多篇作品,学校认为我能写文章。一年后,一股神秘的力量召唤我离开关中西上天山,成为伊犁州技工学校一名语文教师,连我都惊奇万分——我登上讲台那么能说,西域对我这个关中子弟的改造可谓脱胎换骨。西域歌舞,哈萨克的歌手阿肯,漠西蒙古人弹唱《江格尔》的江格尔齐,柯尔克孜人弹唱《玛纳斯》的玛纳斯齐,更多的是维吾尔人好几十种的麦西来甫,耳濡目染,我的嗓子洪亮起来。后来有机会去乌鲁木齐文艺单位,一位文学界老前辈告诉我：人应该有个正当职业，当教师当记者当医生当工人当农民都是个职业。我就安心当教师了，再也没有非分之想。技工学校的一个好处就是可以带学生实习走遍天山南北。回陕西后依然教书，先在宝鸡文理学院，现执教陕西师大，创作纯属业余。

对一个人影响最大的应该是中小学老师。小时候我很顽劣，到处打架生事，小学三年级时闯了祸，还浑然不觉，几位女生指责我给班主任惹了多大麻烦，我一下子就愣了，觉得对不起老师，也结束了我的打架生涯，开始疯狂读书。初中快毕业时已经是粉碎"四人帮"恢复高考的1977年了，我整天读闲书，不好好上课，还到处乱投稿开始做作家梦，班主任庞老师在校园里堵住我提出严重警告："考不上学回家种地当农民戳牛沟子，你还有心写文章！"我暂时放下那些乱七八糟的闲书，拿起课本，好好学习，一年后考入岐山中学。可以想象我上高中肯定不是尖子班重点班，肯定是普通班的最后一个班，文科班。岐山中学最大亮点是有图书馆，有阅览室，我不但读到许多世界名著，还读到了北岛、顾城、舒婷的朦胧诗。开始专心考大学是在高二，高一不好好学习全看闲书。教语文的王兹祥老师特意提醒我大学中文系不出作家，这让我大吃一惊，王老师还特意安排我每天下午最后一节课在黑板上抄几首唐诗，供全班同学学习，我手里就有了一本王老师的《唐诗三百首》。从《唐诗三百首》开始，我购买了余冠英的《诗经选》

《汉魏六朝诗选》，马茂元的《古诗十九首探索》，傅庚生的《杜诗散绎》《中国文学欣赏举隅》等。高考我历史成绩最好，阴差阳错进了中文系，有王老师的忠告在先，我冷眼旁观读汉语言文学专业。

教师跟农民一样，不用扬鞭自奋蹄，上不好课迟到早退学生首先骂你。好教师认真备课，但讲台上不翻教案，学生评价某位教师说那是念教案的老师，你就知道学生对他有多么蔑视。语文老师不带教案，分析任何一篇课文如同庖丁解牛；数学老师不用教具，随手一扬一个标准的椭圆。你就体会到什么是艺术。更重要的是一颗爱心。我总是把这几本书介绍给每届学生：《论语》，卢梭的《爱弥儿》，夸美纽斯的《大教学论》，苏霍姆林斯基的《睿智的父母之爱》。技工学校的学生不自信，我就抛开教材，采用《曾国藩教子书》《唐诗选》《孙子兵法》《论语》，告诉他们如何走上社会去给名牌大学毕业生当领导。宝鸡文理学院偏居一隅，我就告诉学生在渭河边读《红楼梦》跟在北大读没什么区别。我的陕西师大的研究生在北京竞争一个重要岗位，竞争对手全是经济学博士，我就告诉学生找哈耶克和凯恩斯的代表作反复读，最终打败了经济学博士。

职业等于融入社会融入整个生活，创作说穿了是一个隔离，教师这个职业给我的另一大收益就是源源不断的文学激情与灵感。从大学毕业至今，我每年几百节课是完成了一个教师基本的工作量,没有一天创作假,所有的节假日全用来写作,发表长篇十五部,中短篇小说集二十部,学术随笔二部,共计八百万字,2012年至2014年就发表了《好人难做》《百鸟朝凤》《喀拉布风暴》等四部长篇,2013年上海文艺出版社出了我六部长篇,"天山—长安"丝路文学世界初具规模。

幸运之神

我曾碰到过推荐上高中的机会，没成，就在初中多待了一年；1977年恢复高考，也理所当然地恢复了考高中。那时我一点准备都没有，粉碎"四人帮"，新时期到来，对我来讲是可以放开胆子读书的大好时机。

我们村紧靠县城，县图书馆有阅览室，工人俱乐部也有，押一块钱就可以借一本杂志，报纸随便看。那时候文化生活相当丰富，我就是在阅览室的报刊上读到普希金、莱蒙托夫，抄下来，并开始写诗、投稿。县图书馆只有公家人才能办到借书证，就用同学父母的借书证。读到了波兰大作家显克微支的《十字军骑士》，上海译文出版社1978年出版。一般读者很少注意到这么一个波兰作家的作品，一下子颠覆了我的阅读习惯。我喜欢读书纯属无奈之举。小学三年级的时候，大家都玩纸枪，我凭着好手艺在同学中树立了不错的声望。我用铁丝制作的纸枪有二把盒子，有左轮手枪,最让大家服气的是模仿电影里德国兵常用的冲锋枪做了一支可以五发连射的纸枪。你也可以想象我的课余生活,经常以少胜多地打败邻村的孩子们。《三国演义》把我的兴趣彻底转移了,不转移也没办法,纸枪惹了祸,小小年纪成了"坏人",严重受挫,精力就转移到书上了,什么书都看。《红楼梦》几次从手里溜出去了,这部伟大的书上大学时才静下心读了大半。理所当然地喜欢《水浒》,当时都有几个版本,耍赖不还人家。遇到好书就这样。有一次帮村子里老婆婆家干活,老人家的儿子"文革"前高中毕业,家里有许多旧书让我挑,大多看过,就挑了一本看不懂的《史记选》,一下子喜欢上了这本书,当然都是与战争有关的章节,延续《三国演义》《水浒传》的兴趣。初中时有人告状,校长很严肃地让我交代,我交代了近千册书,校长在检查上画出一部分,上交的书又还给我,跟我交换着看书,我总是碰到好人;更幸运的是碰到好书。《十字军骑士》有战争,跟《三国演义》《水浒传》的战争不一样,更重要的是这本书里有爱情、骑士与贵妇。中学生的青春期,我把这本书几乎抄了一遍,又模仿着写一个五六万字的小说,我是那么认真,都写疯了,修改好几遍,投出好几次,肯定发表不了,但以手抄本的形式在同学中传出去了,后来上高中时还有人要,我手里都没底稿了。快要考高中了,我还在疯狂地"不务正业"。因为作文好,语文老师对我特别关照,我总是碰到好人;语文老师庞老师在校园的报栏跟前对我说:"考不上高中你还能干啥？回家吆牛种地去。"真把我给吓住了，该务务正业了。1978年我考入岐山中学，重点高中的普通班。这所中学有图书馆，可以办借书证，还有一个非常好的阅览室，我读到了《人民文学》《诗刊》《社会科学战线》《文学评论》，北岛、顾城、舒婷们的朦胧诗让人兴奋，没法好好学习。我还记得从学校图书馆借到叶君健翻译的《安徒生童话》，我眼泪都快要下来了：这么好的书，应该在幼儿园里读；大家都笑我。后来我拥有了世界最好的童话书，执教二十多年来总是把童话介绍给学生。因为《三国演义》的缘故，我喜欢历史，读了范文澜的《中国通史简编》、郭沫若的《中国史稿》、吕振羽的《简明中国通史》，尤其是范文澜的，做了大量笔记。抄过契诃夫、莫泊桑的小说，读《安娜·卡列尼娜》，总是挑选安娜与渥伦斯基的段落，也抄了许多，为此我还专门写了一篇文章《抄书》。后来上大学读《复活》《战争与和平》总觉得不如《安娜·卡列尼娜》。高中阶段开始买书了，都是用家里买盐买火柴的零钱，后来发展到买高考复习资料的钱也买书了。还真买了一些好书，《梅里美小说选》《月亮宝石》《呼兰河传》《围城》《金蔷薇》。特别是《金蔷薇》，1980年没考上大学，情绪低落，上补习班报名余一元，在书店许许多多的好书中反复挑选，六角四分买下了这本好书，好书要读在好时候，如同佳人，相逢少年时那是良辰美景。我总是碰到好人，高中的语文老师王兹祥讲《庖丁解牛》时用了五六节课，王老师太喜欢庄子了，恨不能把庄子全讲给我们，后果之一就是我对庄子永久的热爱。那时我总是把看过的名著写进作文，直到我把母亲劳作的"手"与名著结合起来时，王老师给我很高的评语，给我们详细讲解什么叫"学以致用"。我的字不好，王老师还是让我每天课后在黑板上抄几首他选出的唐诗供学生们课外学习。那本《唐诗三百首》在我手里要停留一两天，我抄下了其中大部分。还抄过《陶渊明集》，我惊诧陶渊明的作品那么少，少而精美。

1981年我考上大学，一次可以借七八本书，以至我对学校发的教材弃之不顾，《古代汉语》除外，因为王力先生编的教材难以代替。我的成绩一直保持前三名，全是看课外书答题。可以把生活费压到极限，两分钱的咸菜吃一天，大量地购书。大二时文学书基本读完了，就读哲学、历史、科学史、文史资料。袁可嘉先生编的《外国现代派作品选》按册出版，每册必买；卡夫卡、斯特林堡、奥尼尔等。1983年读到了《万历十五年》，抄了一遍，整本抄的还有《庄子注》《道德经》《迦陵论词丛稿》《哈菲兹抒情诗选》《蔷薇园》。叔本华的《作为意志和表象的世界》抄了一半。1983年我发表诗歌，在当地获了一个三等奖，接着又有散文、小说发表。

大学毕业留校一年后，如同《金蔷薇》的作者巴乌斯托夫斯基笔下的普里什文一样，我离开关中到西域天山，到《飞鸟不惊的地方》去了。大漠十年，沉浸于中亚各民族文化经典、民间传说的同时,我自己订阅《世界文学》与《读书》杂志,许多书都是依照《读书》杂志介绍,邮购内地出版的好书,那时候的《读书》可真是一本好杂志。新疆十年,在《北京文学》《红岩》《当代作家》《电视·电影·文学》《绿洲》《中国西部文学》发表近百万字的小说,但没有什么影响。1995年我的一篇小说被李敬泽看中。我总是遇见好人,此时,母校宝鸡文理学院的杨异军院长是我中学时的老师,看到上海《语文学习》杂志上我的教学论文,有意调我回母校。1995年底我们全家回到宝鸡,1996年我的小说《奔马》奔上了《人民文学》,《小说月报》转载,收入胡平主编的《1996年全国短篇小说佳作选》。新疆十年没有什么家产,老婆孩子三十箱书回到宝鸡。2004年冬天迁西安,2006年有了自己的书房,大部分书可以上架,还有一部分书屈居纸箱堆在阳台,我也不会冷漠它们,隔三岔五轮流上架,不会让它们闲着。

我爱童话

　　1978年秋天我考入县重点中学,破天荒有了借书证,可以借阅校图书馆的藏书,疯狂读书,一个月后借到了《安徒生童话》,随手翻到《海的女儿》。

　　中学图书馆都是下午两节课后开放,我在校园一处僻静的角落里读完了《海的女儿》。图书馆工作人员给我书的时候说了一句:"碎娃看的书你也想看?"我不好意思在稠人广众之下看娃娃书,就在无人处一口气看完《海的女儿》,然后是很长时间的沉默。一个乡村少年十七岁才读到童话!我们村属于城郊,从小学到中学都在城里上学,常常跟吃商品粮的城镇户口同学比高低,课外书就是竞争项目之一。初中时曾有同学把我告到学校,说我看了许多"坏书",包括封建迷信的《玉匣记》。1975年"文革"后期,看"坏书"很敏感,校政教组长张老师没让我写检查,而是让我把读过的书写个单子交上来,我吓坏了,写了好几页,大概上千册书吧,我都做好被开除的准备了。张老师隔二见三让我交几本书,再还给我,我松了一口气,同时也在同学中威信大增。但我跟大多农村同学一样有个致命的缺陷:没上过幼儿园。当我带着《安徒生童话》进教室时,城里同学很自豪地瞥一眼:"我们幼儿园都读过了。"我在同学们的嘲笑中读了《安徒生童话》《豪夫童话》《格林童话》《贝洛童话》。上大学后,挤生活费疯狂购书,旧书店、书摊处理的降价书是我的首选;二十世纪八十年代初,五分钱一毛两毛都能买到经典名著,很快就购齐了叶君健、任溶溶先生翻译的童话,都是小册子,有精美的插图和封面。

好多年后我大学毕业留校一年又西上天山,接触西域各民族神话传说和西域各兄弟民族,那种人类纯朴天真的品质再次沐浴滋养了我这个关中子弟。2001年我有幸参加作协全国代表大会,吃自助餐时与任溶溶老前辈相遇,当时我不知道与我同桌吃饭的这个可爱的老人是任溶溶。西域十年养成的习惯,爱吃肉,盘子里全是牛羊肉。我刚落座,一位老者笑呵呵坐我对面,盘子里一只红烧肘子,主动告诉我:"我也爱吃肉。"我们互相鼓励大快朵颐。老人还鼓舞我再来一个红烧肘子,我就放开肚皮再添一个红烧肘子。用完餐起身时我看见了老人胸前的代表证:任溶溶。那情形跟好多年前在关中渭北高原小县城中学图书馆第一次看到童话一样惊讶震撼,任何语言都是多余的了。我目送着这个可爱可敬的童话老人远去,咖啡色小圆帽,活脱脱一个老小孩,生命如此美好！后来又买到任溶溶老人翻译的《夏洛的网》。

我的大多作品都有童话色彩，特别是"天山系列"的几部长篇，《西去的骑手》写英雄与马，尕司令马仲英身上凝聚了西部草原群山大漠的顽蛮单纯豪勇剽悍，与枭雄盛世才的阴鸷相映成趣。《大河》写阿尔泰人与熊，陈晓明干脆称这部书为现代童话。《乌尔禾》写少年与羊，草原民族都有放生羊的习俗，一位少女在远方正期待着一只羊，羊成为少男少女情感的纽带，同时也酿成苦酒，却是值得的。《生命树》中的树，构成整个宇宙天地，每个叶子都有灵魂，不同于圣经与基督教的生命树，是中国大西北各族民间传说的大自然与大生命，天地大德曰生。新作《喀拉布风暴》写神奇的地精、骆驼与爱情。爱的苦恼甜蜜艰难于绝望中，透出某种童话色彩。2007 年我在上海大学文学周讲座讲小说的可能性，讲得兴起即兴发挥就发现了《红楼梦》中的童话色彩：林黛玉进贾府时大概十二三岁，那帮少男少女基本上是一群孩子，大观园是个孩子世界，对抗成人世界，鸳鸯火锅似的，成人世界的阴谋诡计刀光剑影污泥浊水与孩子世界的天真无邪相对应。对成人世界的描写曹雪芹并没有超过《三国演义》《水浒传》《金瓶梅》，但这三部书没有神话没有孩童的天真无邪与生命朝气，熊熊火焰中没有朝阳没有霞光。单纯不是不丰富，不是不深刻，林黛玉想法很简单，很清楚做不了贾家大少奶奶，婚姻无望，只求爱情，就没有薛宝钗那么委曲求全，豁出去了，只求跟宝玉爱一场，那么

166

决绝、通透。通透不是通圆,儿童一样透明,这就是林黛玉痛苦中的喜悦。薛宝钗没有这种喜悦。复杂中没有单纯什么都不是,没有一以贯之的精神。这种一以贯之的精神就是人类从远古文明之初时刚刚睁开眼睛打量宇宙天地的童年的目光。《山海经》《圣经》以及人类各民族的创世神话都有这种童年目光的品质。勃兰兑斯在论述安徒生时说,安徒生在丹麦的确不是一流作家,丹麦有许多比安徒生更重要更伟大的作家,但安徒生属于人类、属于世界,安徒生的童话能被普遍地接受。安徒生没有直接为全世界读者写作,而是从故乡出发,他的作品更像坚固的城堡而非闹哄哄的市场。

我很幸运上高中时抓住了童话的尾巴。执教二十八年我总是把全世界最好的童话、神话、儿童文学介绍给我的学生,走上社会之前系统地经受童话、神话、儿童文学的熏陶,进入成人之前最后一次给童心保鲜,永远不要丧失一颗金子般的童心。在未来的生活中可以有机心,有阴谋,有污泥浊水,但必须有童心这条底线。梁启超有感于古老中国少年老成,小小少年就极有城府,阴险诡秘,儿女情长多风云男儿少,所以大声疾呼《少年中国说》。《老子》确有大智慧,但负面的东西也多,阴气太重,馊主意、损人点子不少,司马迁在《史记》中把老子韩非一起列传是有道理的。老子也是中国兵书战策之源,兵者诡道也。老庄并列,庄子其实跟老子大不相同,庄子近于卡夫卡,外冷内热,有一种大悲愤大绝望后的反抗。曹雪芹、鲁迅得庄子真传,绝望中有大悲悯。卡夫卡的作品中全是一系列反抗者,全是不顺从命运摆布的人。神话与迷信的区别就在这里,神话教人不顺从命运,迷信让人认命让人顺从命运。中国神话秦汉以后式微,曹雪芹以《红楼梦》接通了古老的神话。神话、童话、儿童文学的另一要素就是想象力,孩童时代就应该强化生命所固有的想象力,想象力是创造力,是生命强大的一个标志。阴谋诡计成为一门学问恰好是一个民族衰败的先兆,《三国演义》盛于明清也算生逢其时。我小学三年级就读《三国演义》,后来去西域,心迷阿凡提,受此启发,反思《三国演义》发现了阿斗的可爱。三国那个大争之世,人人都想当皇帝,没有皇帝梦的人都不配活在三国那个时代,只有一个阿斗想过和平日子,更有趣的是降魏后封在我的故乡陕西岐山渭河南岸秦岭脚下孔明升天的五丈原东侧,我就写了长篇《阿斗》为其立传,当然是小说家言。我喜欢一群阴谋家中的这个孩子,可否把阿斗当作贾宝玉的前身,时代的弃儿,多余的人,恰好是古老中国失传已久的神话或压根儿就没有的童话和儿童文学。

我爱燕子

燕子是飞禽走兽中唯一被我们善待的候鸟,天上飞的,地上跑的、爬的,水里游的,包括矿物质,能啃下肚的我们都吃,包括朝夕相处的狗,包括为主子效犬马之劳的能干之士,走狗烹,当狗一样上案板。我们是农业民族,又不信教,天地君亲师相当于世俗宗教,家在中国兼具住所与寺庙的功能,含有精神因素。古老的传统,屋檐下一定有燕子筑巢垒窝,再豪华的宅子没有燕子光顾则不吉祥。这大概是我们的食谱中没有燕子的原因。我们善待燕子,燕子也信任我们。这也大概是我们与飞禽走兽唯一的情感纽带,属于转型时期古老传统的"剩余的力量",属于随风而逝的东西。燕子属于村庄,最远抵达小城小镇。燕子无法进入高楼大厦,燕子没有在钢筋水泥上筑巢垒窝的能力。传统中国给我们留下了"小燕子,穿花衣"这样的民谣,留下了刘禹锡"旧时王谢堂前燕,飞入寻常百姓家"这样的诗句,情诗里边都是"青鸟不传云外信，丁香空结雨中愁"，青鸟不会是燕子。我这个关中子弟在西域大漠在西天山赛里木湖边听到哈萨克族歌手唱《燕子》时，在大学校园里已经听过许多以"燕子"为题的歌曲，包括情歌，但都无法跟哈萨克民歌《燕子》相比。

哈萨克民歌接近蒙古民歌，也接近俄罗斯民歌。游牧民族自古逐水草而居，从大兴安岭到地中海整个亚欧大陆中心地带以及北方之北西北之西都是其活动的空间，那种大地意识那种忧伤与深情如雷电穿身感人肺腑。哈萨克人与柯尔克孜人至今保留着完整的哭嫁歌，新郎那边来一帮歌手唱的都是欢乐颂，竭尽全力把新娘的未来描绘成人间天堂，把公公婆婆描绘得比亲爹亲娘还要亲；新娘的娘家人都是闺蜜和亲人，带着哀伤连唱几十首与男方的欢乐颂相抗衡，婆家再亲也比不上亲娘，洞房再好也比不上故乡，未来生活的种种艰辛尽在其中。当年跟哈萨克同事第一次参加哈萨克传统婚礼马上就联想到唐诗中灞桥折柳送别的美妙诗句。我生长在关中农村，周秦故地，古老的周原至今也是古风犹存，见识过许许多多迎亲嫁娶新娘离家时的哀伤，也只是几声哭号而已，都没有哈萨克民族这么系统而完整的套曲。这是一个深情的民族。我曾执教的伊犁哈萨克自治州技工学校，一半师生是哈萨克族、蒙古族，毕业前夕，汉族学生吃散伙饭也就一个礼拜，哈萨克学生都连哭带唱一个月。哈萨克人也有喜庆的一面，舞曲《玛依拉》，丰收劳动舞曲《黑走马》，他们跟维吾尔人一样也风趣幽默。我在《大河》中写过哈萨克族的哭嫁歌。在《乌尔禾》中插入维吾尔族的《黑黑的羊眼睛》。最打动我的是哈萨克情歌《燕子》。直到我回陕西老家十多年后才写进长篇《喀拉布风暴》。自从1987年在赛里木湖边听到《燕子》我就相信爱情是一种信仰，我就在天山脚下看完了《红楼梦》，中国古典小说四大名著或五大名著的其他几部就黯然失色了。《红楼梦》是中国古典文学中唯一把爱情当信仰的一部杰作，曹雪芹回应了把政治诗写成爱情诗的屈原，对中国古典文学做了一次总结，也做了一次校正。刘再复认为五四新文化运动引进西方的德先生赛先生时也应该把《红楼梦》作为精神资源是有道理的。欧洲划时代的文艺复兴是以古希腊古罗马这些本土资源作引子完成了从神到人的转化。

我小学三年级看《三国演义》《水浒传》，上高中看《红楼梦》翻十几页看不下去。西北高原一个乡村少年，带一帮小伙伴东征西伐，跟邻村的同龄人频频决战于高原的深沟大壑，满脑子英雄梦，最合胃口的书就是《三国演义》《水浒传》《隋唐英雄传》，最低也应该是《封神演义》吧。《红楼梦》里一帮嘻嘻哈哈的红男绿女，贾宝玉不男不女纯粹一个二尾子嘛，上大学为了完成学业硬着头皮看完《红楼梦》，还一点感觉都没有，要说印象的话只记得凤姐如何收拾色鬼贾瑞，直喊痛快，为此专门看了王朝闻厚厚一大卷《论凤姐》。王朝闻会雕塑，懂艺术，写的论著让人心服，我一直对不懂艺术而研究文学艺术的专家学者持怀疑态度。我至今给学生也是大讲特讲凤姐，现代女性，尤其是美丽的女子，踏入社会到处是狼，应该有点凤姐的手段，完成从林黛玉、薛宝钗到王熙凤的转型。我们不可想象，林妹妹遇到性骚扰该怎么办？薛宝钗都无法招架，凤姐的优势就显示出来了。《喀拉布风暴》中的西安美女陶亚玲就是一朵带刺的玫瑰，西安人望而却步。西安自安史之乱后就衰败了，半城神仙只是歌里唱的，现实生活中有多少赵高、李林甫、杨国忠的徒子徒孙，陶亚玲这样的绝代佳人只有新疆人孟凯配得上。

我们有悠久的红颜薄命传统，美丽的女子嫁武大郎大家才心理平衡，英雄美人从来都是悲剧。伟大的屈原真给一位情人写下那么美妙的诗篇，中国古典文学会是什么样子？盲人荷马的情人是谁我们不知道，但我们知道《荷马史诗》中的海伦和等待奥德赛十年之久的坚贞的妻子潘奈洛佩，无论是与人私奔引起战争的海伦，还是智慧贞洁的潘奈洛佩都得到了荷马和整个西方文学史的尊重。底色很重要，那是一个民族心灵与精神世界的开始。曹雪芹在古老中国开始衰败的时候给我们构建了如此瑰丽丰盈的精神平台，完全可以视为中国的但丁：中世纪最后一位诗人，新时代第一位诗人。曹雪芹把小说艺术提升到诗，诗就永远结束了。在天山脚下在各民族情歌的海洋里，一个关中子弟重新读《红楼梦》就很容易读出新意，贾宝玉把女人当水把男人当泥，就意味着男人的世界是密封的瓶子还是小里小气的坛坛罐罐,水做的女子在小容器里会成为赵姨娘、曹七巧,女人最美的状态应该是河流是湖泊是大海,西北之北西北之西的沙漠戈壁因为有维吾尔人的《百灵鸟》《黑黑的羊眼睛》,有哈萨克人的《燕子》就成为瀚海。爱情一旦产生就跟风暴一样势不可当成为一种信仰,燕子就远远超过凿空西域的张骞;燕子沟通的是中原与西域各族人民的精神与灵魂,相当于圣经故事中引导挪亚方舟找到家园的鸽子。

写这篇文章的前一天,在西安小寨我和一位美丽的西安女子一起宴请两位新疆朋友。这位美丽的西安女子婚姻不幸,终于熬过来了,找到了自己的幸福。我们一起喝了五十二度的西凤酒;我快十年不喝白酒了,内地就不是喝美酒的地方,她的幸福和新疆来的朋友感染了我,我开了戒。刚刚出版的长篇《喀拉布风暴》里专门写了爱情,燕子既是爱情的象征,也是这本书的主题曲。

岐山臊子面

陕西地界,吃面必吃臊子面,省城西安以及各县镇到处都是岐山面馆,原产地岐山就有了民俗村,大多都在周公庙附近。那个伟大的周王朝肯定与吃喝有点关系。周武王挥师东进、逐鹿中原,除政治口号以外,臊子面、锅盔、面皮具有极大的号召力。

关西大汉到秦始皇时代,就成了让山东六国瑟瑟发抖的虎狼之师。已经是2004年了,岐山地界臊子面的最高纪录还保持在六七十碗——一个人一顿吃六七十碗,不是南方人吃米饭用的酒盅碗,是大老碗。你可以想象周秦汉唐那个英雄时代陕西人的饭量有多大!周武王和秦始皇的士兵肯定用的不是碗,是脸盆大的头盔,牛筋一样青橛橛的耐嚼耐咽的长面条,又辣又酸又烫,跟化开的铁水一样的汤浇到面上。汤是不喝的,回到锅里不停地轮回往返,绝对在六七十这个数字以上,血就热起来,眼睛跟脸红得喷火,心跳咚咚如鼓,只等一声号令,人的原始血性刹那间就爆发出

174

来了,这就叫气壮山河。陕西人的黑老碗绝对是古典武士头盔的变形,周人、秦人从岐山出来挥师东进,汉人、唐人延续这个伟大的传统,东出潼关后,又开凿西域。他们高贵的祖先本来就是西北的游牧民族,西起周原东至潼关的八百里秦川把他们从牧人变成了农民,牧草到庄稼这种奇妙的转折并没有减弱他们驰骋大地的勇气和想象力。依然是巨大的青铜和铁的头盔,穿越河西走廊,穿越中亚细亚,汗血马、苜蓿、葡萄,跟麦子、谷子长在一起,秦腔、花儿跟十二木卡姆连在一起。张骞、玄奘这些孤胆英雄就没有那么多讲究了,死面饼子和羊肉往铜钵铁盔里一放,倒上水,架上火煮烂煮透,一碗下去,肚子就圆了,拍一拍,跟鼓一样嘭嘭嘭,可以撑到天黑。羊肉泡馍绝对是戈壁沙漠的产物,一天只吃一顿,人成了骆驼,至少是骆驼影响了人的肠胃。

周人是比较讲究的,即使征战也不能急吼吼,也一定要从容大方。臊子面汤宽,让人觉得奢侈。头盔那么大一碗汤,碗底就一筷头面条,可这一筷头面条又长又筋又烫,一沾嘴唇,急速吞咽,就发出哨子一样的嘘嘘声,一碗接一碗快得不得了,要用盘上,大木盘里十几碗,一个女子端着,吃一碗递一碗,跟转盘机枪一样。我小时候亲眼见过十几个小伙子吃筵席,主人穷于应付,大铁锅不停煮面煮汤,一大群女子穿梭般端面,还是跟不上。小伙子们出主人洋相,跟不上就用筷子敲碗。红事白事,总要提防村子里虎狼般的壮汉,连十几岁的半大小子也在提防对象之列。

这种饮食启蒙对一个乡村少年非常重要。臊子面的汤是用臊子肉做的。五花猪肉切碎,慢火烂一小时,跟炖东坡肘子差不多,不是炒也不是煮,也不是炖,加上辣子醋,慢慢地让猪肉烂成糨糊状,有一股浓烈的酸辣香;汤也是酸辣味,一层辣子油,一口吹不透。四川湖南的辣,山西的醋,在岐山面跟前是小巫见大巫。我七八岁的时候吃猪肉伤了脾胃,再也不吃猪肉了,吃臊子面只吃一两碗,几乎是婴儿的饭量。你可以想象在岐山那地方有多狼狈,一个人吃不成饭,谁都瞧不起你。

我的外婆是一个乡下老太太,外孙吃不动饭她着急呀,心里急,脸上看不出来,慢条斯理地讲她辉煌的过去。农村妇女所有的辉煌就是厨房,有米没米必须让烟囱冒烟,而且要冒得笔直雄壮、义薄云天。在她的讲述里臊子面的面条应该是青色的,案板上,面擀开,又揉到一起,再擀开,再揉再擀,面粉的筋丝全被拉了,营养全都出来了;煮熟后就是青的,筷子挑起可以看见对面的人影,跟玻璃一样。客人们吃到二三十碗的时候,总要站起来松松腰带,放开肚子再吃十几碗……我还记得六十多岁的外婆眼冒神光的样子,我的口水咕咕叫着咽到肚子里,我都闻到了又浓又尖的酸辣味道,跟梦幻一样。在梦幻的后边,外婆真的到厨房去操作了,仿佛在童话世界里,我听到和面的声音,我听到揉面的声音,我看见面被擀开了,跟被单一样一次次展开,白面变成青面,沿着擀面杖切成细丝,酸辣汤弥漫了屋子弥漫了古老的周原大地。那年我十二岁，我一口气吃了三十五碗。外婆用鸡肉做的臊子。我还清楚地记得我吞吃面条的嘘嘘声。

2005 年

辑五

文学的社会价值

中国最早的文学作品《诗经》是古代民歌总集,也是古代人民生活的百科全书;由孔子删定整理,是儒家的"六经"之一,古代的教科书。孔子说"不学《诗》,无以言","诗言志"。诗表达人的心声,不读诗,就无法与人交流沟通对话。孔子又说"诗,可以兴,可以观,可以群,可以怨",用今天的话说就是读诗使人精神振奋感情激动丰富,可以培养想象力,可以提高观察社会观察生活观察世界万物的能力,可以锻炼合群性,加强人与人之间的沟通交流对话;可以学到讽刺批判社会的能力——这种批判不是破坏性的而是建设性的。孔子这种"诗教"理念成为中国古代的文化传统,同时也推动了诗歌艺术的蓬勃发展,使古代中国成为"知书达礼"的"诗礼之邦"。中国古代文学史几乎是一部诗歌史,诗几乎等同于文学,小说戏剧在古代中国没有地位,近代受西方文化影响才有一席之地。

欧洲文明的两大源头:希腊、希伯来,古希腊的神话戏剧荷马史诗,希伯来人的《圣经》,其中《旧约全书》记录希伯来人的历史传说宗教信仰,也是优美传神的文学经典,有《创世记》,有更感人的《雅歌》。中国古老《诗经》的开篇就是爱情诗《关雎》。闻一多先生把《诗经》的年代称为中国人"歌唱的年代",情歌成为《诗经》最精彩的篇章。《圣经·雅歌》被称为"歌中的歌",主要内容还是情歌,名为神人相爱,实则尘世间的男女之爱,最典型的是所罗门王迎娶牧羊女的"诗剧",全诗七篇,牧羊女入王宫不爱权贵还想着山村里的牧羊少年,所罗门王称她为"完人",放她回到山沟中的情人身边。这个恋情小歌剧产生的时代与中国先秦时楚辞的《九歌》年代相近,题材、风格也相似。《诗经》之后出现的第一个伟大诗人屈原,专写香草美人,心怀大爱激情,在《诗经》的写实风格之外开创浪漫主义之风,代表作长诗《离骚》近于歌德的《浮士德》。中国古代的诗人们都有屈原的影子,历经磨难而精神不灭。《圣经》中有关生命树和智慧树的故事同样可以在中国找到相应的传说,中国西北哈萨克族传说的生命树长在宇宙间,每片叶子都有灵魂,而中国西北高原的汉族民间剪纸艺术中的生命树,则欢聚了许多动植物于一体,互相转化,最终把人也容纳进去,众生平等,形成罕见的永世不灭的大生命,体现出中国人"上天有好生之德""天地大德曰生"的热爱生命珍惜生命的文化信仰。2010年我写了长篇小说《生命树》,内容就是哈萨克族和汉族的生命树传说。

柏拉图设计的"理想国"要把诗人驱赶出去，因为诗歌是违反真理的，诗人逢迎人性的低劣部分，摧残理性。与柏拉图同时代的中国的老子、庄子则主张"绝学""弃智"，排斥一切艺术。他们真的要毁灭文学艺术吗？他们反对的是那些人为造作的假艺术，追求的是天然本真的艺术。追求超越功利的"本色之美"，追求言外之言。黑格尔《哲学史讲演录》中说：语言实质上只表达普遍的东西；但人们所想的却是特殊的、个别的东西，因此，不能用语言来表达人们所想的东西。艺术家既有言不尽意的痛苦，又有获取"言外之意"的欢乐，庄子甚至比西方美学诗学所追求的暂时抛弃功利考虑形成审美注意走得更远，而要走到"喜怒哀乐不入于胸次"的静虚境界，台湾徐复观教授的《中国艺术精神》对此有很好的论述。柏拉图本人的著作尤其是对话，文笔生动富有戏剧性，不仅是严谨的哲学著作，也是杰出的文学作品，用朱光潜先生的话说，"柏拉图的对话是希腊文学中一个卓越的贡献"。柏拉图对文学创作灵感的定义精确而传神，何谓灵感？柏拉图说，灵感"是神灵附体"。也就是说作家艺术家超常发挥才能写出杰作，人性中包含某种神性的因素，古希腊文明令人赞叹，文克尔曼、黑格尔把古希腊称为欧洲人的精神故乡。托尔斯泰的《战争与和平》应该算是对荷马史诗的回应，《伊利亚特》写了战争，《奥德赛》写勇士返乡渴望和平的家庭生活，托尔斯泰把安德烈公爵与少女娜塔莎的爱情置于1812年的卫国战争背景下,小说开始娜塔莎一身白裙子天使一般活泼可爱,小说结束时娜塔莎二十五岁了,一身黑裙子,含蓄内敛,恰好是《安娜·卡列尼娜》女主人公的开始。这个光辉灿烂的形象感人至深,半个多世纪后英国女作家多丽丝·莱辛发誓要创造出英国的《安娜·卡列尼娜》,这就是后来那部有名的《金色笔记》。英国学者克莱夫·贝尔在《艺术》中提出著名的"有意味的形式","意味"指的就是一种难以言传的人生感情。诗人里尔克甚至认为"艺术乃是万物的一种朦胧的意愿"。给这种难以言传的神秘而朦胧的人类精神赋以形式,是所有作家艺术家孜孜以求的目标。克莱夫·贝尔在那本小册子《文明》中给文明下的定义是:人类达到美好的一种特殊手段。文学就是其中之一,对非功利的价值的肯定,对无用之用的认可,对精神价值的推崇。中国历史上三个轴心时代各具先秦思想、魏晋风度、"五四"精神,这些正好体现在鲁迅的一系列作品中,《故事新编》几乎是先秦神话故事重述,尽取《山海经》《穆天子传》的精华,使这些零散的碎片排列组合神光四射,《呐喊》中的狂人不由使人联想到竹林七贤的狂态和魏晋时代的旷达放纵、冷峻坚硬,没有魏晋的积累哪有盛唐的辉煌?《彷徨》则散发出"五四"那个新旧巨变时代的纠结绝望与孤独。欧洲文艺复兴发现了人的伟大,人走出神的阴影,一战前后,欧洲开始第二次对人的发现,尼采、波德莱尔发现了人的渺小、人的阴暗与萎靡,直到卡夫卡、贝克特,人,孤独压抑变态荒诞。但这些病态的后边，依然可以感受到人性的温度，《审判》中的K先生、《城堡》中的土地测量员都是反抗者，不屈从外在的压力，《变形记》则直接挑战亲情，格里高尔改变了外形，内心并不改变，亲情却崩溃了，人的精神世界更复杂更内在更深沉。康定斯基在《艺术中的精神》中告诉我们，美是心灵的内在需要。《红楼梦》中的林黛玉爱耍小脾气爱使性子，当她与贾宝玉心心相印、精神契合时就温顺平和多了，林黛玉流那么多泪，那都是滚滚的热泪，没有婚姻，没有未来，没有结果的一场爱情而已。这种超越世俗功利的情感生活让《红楼梦》与中国明清小说拉开了距离，曹雪芹跟但丁一样成为中世纪最后一位诗人、新时代第一位诗人。《红楼梦》为五四新文化运动做了前期准备。有意思的是，中国古典文学第一位作家屈原与最后一位作家曹雪芹都在作品中运用了神话，鲁迅也用了神话。卡夫卡的小说中不但有《圣经》的影子，更有神话色彩。《变形记》最早是古罗马诗人奥维德的神话作品，后来罗马作家阿普列尤斯又以《变形记》写了人变驴又恢复人形的荒诞长篇小说；卡夫卡同题另写，写出现代人的荒诞生存。

　　高科技、电子图像新媒体给人类带来财富带来便利也带来巨大的生存危机，人性破碎分裂，更高的神性人性成为人类的梦想，神话进入文学有望恢复人性的完整，从人类之初从本源发掘资源与现代接轨，或许给人类的精神生活带来生机。从1998年开始我的主要作品都有神话元素,中篇小说《金色的阿尔泰》中的成吉思汗与夸父逐日,长篇《西去的骑手》中的英雄与马,《大河》中的熊与女人,《乌尔禾》中的少年与永生羊,《生命树》中的树与神龟,《喀拉布风暴》中的地精与骆驼,《少女萨吾尔登》中写雪莲与天鹅的同时再次运用夸父逐日神话。神话与迷信不同,迷信让人丧失意志顺从命运,而神话则与命运抗争,提升强化人性。

文学与教育

2016 年我执教整整三十年,10 月 28 日第一次踏上江南的土地,到苏州甪直镇参加第三届叶圣陶教师文学奖颁奖仪式。获奖者除曹文轩、叶炜、余一鸣和包括我的几个大学教师外,大多都是中小学教师。我曾经是新疆伊犁州技工学校的语文教师,我引以为豪的是 1994 年第 4 期上海《语文学习》杂志《全国优秀青年语文教师》专栏发表了我的有关语文教学的论文,我的个人简介中有一句话就是"像叶圣陶那样做教师"。几十年后我来到叶圣陶当年从事教育与创作的苏州市吴中区甪直镇,苏州人出于对叶圣陶的热爱,把当年叶圣陶执教的实验小学遗址修建成叶圣陶纪念馆、叶圣陶公园,叶圣陶墓旁边有一片庄稼地,有蔬菜有庄稼,还有一个稻草人,一下子让人想到中国第一部儿童文学作品《稻草人》,更让人惊喜的是讲解员告诉我们这块庄稼地就是叶圣陶当年进行教育实验的重要环节之一——生生农场,叶圣陶亲自带学生浇水施肥种庄稼种蔬菜,孩子们吃的都是自己的劳动成果。

叶圣陶 1917 年到苏州吴县(已撤销)甪直第五高等小学执教,开始教育改革实验的前两年,1915 年法国人史怀泽在非洲丛林行医,几只河马与他所乘坐的船并排而游,史怀泽一下子顿悟到了生命的伟大和神圣,"敬畏生命"的思想油然而生,将伦理学范围由人扩展到所有生命,已经接近关中大儒张载"民胞物与"的思想了。在中国江南小镇,叶圣陶跟孩子们一起种田,《稻草人》不再是文字,不再是纸上谈兵,而是行动,是实践,我相信任何一个童年时代与泥土亲密接触过的人都有一颗善良的心,苏霍姆林斯基告诫那些工农家庭的家长让孩子劳动,劳动胜过一切。夸美纽斯《大教学论》中也是如此。欧美国家的孩子们童年时代都在乡间度过。我相信任何一个从事语文教学的教师手头上都有叶圣陶的《文章例话》、叶至善三兄妹的《花萼与三叶》。我执教伊犁州技工学校十年间,校长信任我,我可以自编教材,我的讲解以《论语》《曾国藩教子书》等古典作品为主;技工学校大半时间带学生实习,尤其是驾驶班,都在野外活动,对群山草原戈壁大漠烈日豪雨暴风雪沙尘暴都有切肤之感。1992 年我读到史怀泽的《敬畏生命》,与大漠的切身体验相结合,结束了诗歌创作转向更辽阔的小说世界。万物有灵,万物生而有翼,敬畏生命成为我的创作理念。长篇《生命树》中的王蓝蓝、吴莉莉,《喀拉布风暴》中的张子鱼、叶海亚,《大河》中的女兵,《少女萨吾尔登》中的张海燕都是中小学教师,《乌尔禾》中的王卫疆是技校毕业生。我的第一本散文集《敬畏苍天》,既是我对西域大漠万物有灵的回应,也是对史怀泽《敬畏生命》的致敬之作。回陕西二十年间,执教于宝鸡文理学院与陕西师大,我主讲两门课——"文学与人生""文学与体验"。"文学与人生"的核心内容就是:童年以神话、童话、科幻、儿童文学为主,重在幻想与想象,我所有的作品都有童话色彩;青少年以诗歌为主,诗歌重在情感;想象力是创作力,而情感就是动力,这两种能力要在幼儿园中小学时期完成,有了这两种能力,进入大学才有可能转向逻辑思维,进入以经验为主的小说。散文是老年人的,重在智慧。"文学与体验"以生命体验为主,生命有原创次生之分,我们今天的文学缺乏的就是原创,首先是生命的原创性,次生生命盛行的时代,体验尤为重要。

叶圣陶教育思想的核心理念就是:只有做学生的学生,才能做学生的先生;教是为了不教;千教万教,教人求真,千学万学,学做真人;教师不是教书,是教学生;教育的目的是育不是罚。我这个把天山当成第二故乡的关中子弟在天山脚下读到叶圣陶的名言——"对于一个有思想的人来说,没有一个地方是荒凉地带",西域大漠就成了我文学世界中的"真镜花园";叶圣陶另一句名言——"你,本身就是一首美丽、动人的诗",正是这句话,我在天山脚下从容不迫地从诗歌转向小说,所有的小说都含有诗意,也正是这句话让我把叶圣陶与中亚古代的大诗人萨迪、哈菲兹、鲁米联系在一起。2016 年 10 月 28 日的苏州之行，又让我把叶圣陶与史怀泽连在一起，把生生农场与丛林诊所联系在一起。叶圣陶、叶至善、叶小沫、叶兆言们就这样给美丽的苏州添上了浓墨重彩的一笔。叶至善许多著作中专门有一本《诗人的心》，解读古今中外优秀诗歌，其中竟然有亚美尼亚民族史诗《沙逊的大卫》，让我再次联想中国的三大史诗《江格尔》《玛纳斯》《格萨尔王传》，我立即把这个快要绝版的《诗人的心》介绍给陕西师范大学出版社。从这本书中，我看到一颗纯真的诗人的心，一个时代的良知和良心。

文学与人的成长

一

　　早年的人生规划里没有当教师的想法,跟大多数农村学生一样,求学的目的就是离开农村,只要能离开农村有一份职业,上什么学校上什么专业都是次要的。当年的高考志愿都是远方的大学,既然要离开土地,就越远越好,北至黑龙江、吉林,南至广西、云南、广东,东到山东、江苏,专业也是历史专业,结果录取到离家门口最近的宝鸡师范学院中文专业。这所大学离家一百多里,当时没有历史系,调剂到中文系。我一直喜欢历史,中学时找不到历史课本,就以范文澜的《中国通史简编》、郭沫若的《中国史稿》、吕振羽的《简明中国通史》当课本看,通读好几遍做大量笔记。地理课本就是从同学家里找的"文革"前的两本《世界地理

191

地图册》与《中国地理地图册》。喜欢文学,但不喜欢中文系,更不喜欢当教师。西北尤其是陕西关中西部农村,千百年的习惯:男人大都沉默寡言,滔滔不绝、喋喋不休是娘儿们的习惯。你想想啊,周秦故地,对男子都是斯巴达式的教育,男人意味着行动,多说一句话都是可笑的。整个求学期间,我基本上没有在台面上说话的勇气与能力,我的那些农村同学亦如此。临到大学毕业,要去中学实习该有多么恐惧与狼狈!大学四年的大多课程成绩都在前三至五名,毕业论文也是优,唯独实习讲课是良,实习讲课城市同学的优势一下子就体现出来了。幸好大学毕业留校编院刊。一年后远走新疆,我真正热爱教师这个职业是从新疆开始的。

后来回忆这一幕,估计是大漠的缘故。西域大漠瀚海绿洲就像大洋里小小的岛屿,安静孤独,就有说话歌舞的愿望。我所居住的奎屯小城两万多人,所执教的伊犁州技工学校也就六七百人,马群羊群常常涌入校园,雄鹰从绿洲上空滑过发出长长的啸音,哑巴也会说话的。绿洲给我的最大启迪就是文学是个有机体,与天地阳光空气息息相关。深入大漠,对着干枯的梭梭、红柳呼气,这些沙漠植物眨眼会活过来,仿佛给溺水者做人工呼吸,生命从来没有像在大漠中这么脆弱这么神奇,对我这个关中子弟来说太震撼了。西域大漠另一启示:中国文学包括草原诸民族,他们跟汉文学一样灿烂辉煌,在内地大学所学仅仅是汉语言文学以及外国文学,在西域,文学的肌体总算完整了。我所执教的学校一半师生是少数民族,各种语言交融,耳濡目染,汉语的特点就尽显无遗。执教数年后,我在上海《语文学习》杂志上发表《意会和感悟在语文教学中的意义》,同时在课堂上讲授"文学与人生",我把文学的形态与人生的成长结合在一起,即人生的童年时代对应神话传说、童话、科幻、儿童文学,核心是幻想与想象;青少年时代对应诗歌,核心是情感;中年对应小说戏剧,核心是经验;老年对应散文,核心是智慧。当时接触到《江格尔》与《玛纳斯》,准噶尔盆地大致属于江格尔史诗发生的地域,卫拉特蒙古人心目中的宝木巴圣地即阿尔泰草原。我所居住的小城奎屯与乌苏相邻,以奎屯河为界,乌苏是我常去的地方,乌苏草原的蒙古族有许多江格尔齐即民间歌手,演唱的声音近于呼麦,沉郁悲壮;而柯尔克孜族的《玛纳斯》演唱慷慨激昂,史诗格调近于秦腔,史诗人物几乎都战死沙场,听玛纳斯齐演唱让我这个关中子马上想到《金沙滩》《李陵碑》《下河东》。而柯尔克孜人的起源据说与李陵有关,李陵及残部二百多人降匈奴后,娶匈奴女子为妻,北方草原上就诞生了一个新民族,黠戛斯人,这个民族崛起大漠后,纵横叶尼塞河与大兴安岭之间,一举摧毁回鹘汗国,迫使回鹘人迁居天山以南,产生过艾特玛托夫的吉尔吉斯人即柯尔克孜人,读艾特玛托夫的小说有一种特别的亲近感。每次去塔城、博乐,从阿拉套山下经过不由让人想起艾特玛托夫。当时我给学生总讲的是人生的童年时代,草原民族相对于汉族总显得青春如同朝霞。1995年底回陕西执教于宝鸡文理学院,讲文体写作是很自然地加入这一章节,内容趋于完善;2004年年底调入陕西师大,继续讲授"文学与人生",其核心依然是"文学形态与人生成长过程"。

二

我清楚地记得1995年8月我回到阔别近十年的小城宝鸡时的情景。全家年底回陕西,我先打前站,走出火车站到经二路口,正好学生放学,孩子们背着大书包,目光苍老,脸色苍黄,我都惊呆了,回到故乡整整一年都难以适应。老气横秋的内地孩子与西域大漠的儿童反差如此之大!我本人对童年格外敏感。我高一时才读到安徒生童话,从学校图书馆里借了《安娜·卡列尼娜》《复活》《十字军骑士》,偶尔借到《安徒生童话》,如获至宝,不怕同学嘲笑,看完选集,再一本一本借分册,叶君健翻译的《安徒生童话》全部读完才松口气,不再嫉恨城里同学,他们在幼儿园时就读过了。我意犹未尽,高二时读完格林童话、豪夫童话、贝洛童话,上大学读到《快乐王子》《彼得·潘》《杨柳风》《爱丽丝梦游仙境》《夏洛的网》《木偶奇遇记》《骑鹅旅行记》《神驼马》《希腊的神话和传说》,见一本买一本。大多是古旧书店两毛三毛买到的。

初中时同学讲维吾尔族民间传说《英雄艾里·库尔班》,后来在新疆读到各民族的神话与传说,彻底反思汉文化的优点与缺点。欧美学者认为中国没有史诗,对汉族讲可以成立,对少数民族就不合适。少数民族三大史诗《江格尔》《玛纳斯》《格萨尔王传》,新疆就占两部,而藏族历史上的吐蕃王朝,其势力一直延伸到中亚腹地,塔里木盆地尤其是和田一带深受藏族文化影响。

神话、传说、史诗的核心是想象力,文人创作的童话、科幻、儿童文学的核心是幻想与想象。这正是人类童年时代的精神生活。人类的童年如同一个民族、一个个体的童年。最完整的神话传说应该是希腊神话,有楚图南的译本,有周作人的译本,马克思把希腊神话称为人类的童年。西方文化的根即两希文化——希腊、希伯来,希伯来人的神话与历史全部包融在《圣经·旧约》中。此外就是印度神话《摩诃婆罗多》《罗摩衍那》,季羡林先生终其一生翻译研究印度神话与文化,北欧神话《埃达》《萨迦》,巴比伦神话《吉尔伽美什史诗》,印第安人丰富的神话传说直接引发拉美文学爆炸。各民族史诗也都带有神话特点,与神灵相通,最具代表性的还是古希腊的《荷马史诗》,神干预人类的生活,有王焕生、陈中梅、罗念生、傅东华先生的译本。欧洲各大国几乎都有其民族史诗,英国《贝奥武甫》、法国《罗兰之歌》、德国《尼伯龙根之歌》、西班牙《熙德之歌》、俄罗斯《伊戈尔远征记》。相比较,中国神话少且内容散,《山海经》《穆天子传》《搜神记》神奇怪诞,过于简略。应该感谢袁珂先生,收集整理中国古代神话,著有《中国古代神话》，文字优美通俗，适合孩子们阅读，编有《古神话选释》适合学术研究；陈穉常先生著有《中国上古史演义》，也是不错的通俗读本；林汉达先生的《东周列国故事》《前后汉故事》也可以当作早期汉民族史诗与英雄传说。先秦诸子百家有大量的寓言，近于希腊的《伊索寓言》、法国的《拉封丹寓言》、俄国的《克雷洛夫寓言》，韩非子的许多寓言说理性太强且直奔主题，庄子应该是最具想象力的，整部《庄子》可以当作神话小说来欣赏，可《庄子》文辞古奥，一直是知识分子的所爱，也是中国古代的艺术哲学，无法走进孩童世界。《易经》应该是汉民族的摩西五经，完全是远古巫师们的杰作，至周文王姬昌成书，古奥至极。《史记》总结了整个先秦那个大时代，接近希罗多德的《历史》即《希腊波斯战争史》，希罗多德记录了希腊以及地中海东岸小亚细亚到波斯高原诸民族神奇的传说，枝枝蔓蔓引人入胜；司马迁也是如此笔法，从帝王将相到刺客游侠，融入种种传说，既有神话色彩又有英雄史诗的特点，运用了当时的口语，传神生动。古希腊历史学家修昔底德修正了希罗多德，班固也修正了司马迁，他们共同的特点是严谨规范，但那种神奇与浪漫消失殆尽。

童话、科幻、儿童文学是我们民族的一大缺憾，不像神话传说尚有资源可供搜集整理，《西游记》勉强可拉入儿童文学，孩子们喜欢孙悟空、猪八戒，但那毕竟是成人视角；《千字文》开头极好："天地玄黄，宇宙洪荒，……金生丽水，玉出昆冈……"有《创世记》的味道,但还是太简略。真正的儿童文学开始于五四时期,五四运动的贡献之一就是几大发现:发现了人、妇女、儿童。周作人功不可没,还大量译介希腊、罗马的神话传说,对儿童文学更是情有独钟。后来就是叶圣陶的《稻草人》、张天翼的一系列童话以及茅盾先生的专著《神话研究》。

有几个因素影响中国人的神话思维与想象力:(一)先秦以后儒家独尊。子不语怪力乱神,儒家修齐治平入世讲当下,对神话玄虚的东西不感兴趣,中国历史上三个大时代各具先秦思想、魏晋风度、五四精神,它们都是儒家不再独尊或者微弱的时代,先秦与魏晋又是玄学、老庄、志人志怪野史笔记发达的时代。(二)历史学发达。中国文化几乎是历史文化,中国人对历史的重视世界各国难以比拟,相邻的印度屡遭外族入侵,几乎没有历史,玄奘的《大唐西域记》反而留下古代印度的历史,印度人的精神生活全贯注在宗教神话戏剧歌舞中。历史讲实证、考据,影响到文学,即使诗歌这种最具想象力的文体,也讲究无一字无来处。(三)宗教意识淡漠。汉族没有严格意义上的宗教、人格化的一神教,人与上帝之间有辽阔的心理空间,上帝之下君父并不是至尊权威,想象力是需要空间的,如果说中国人有宗教的话,那就是世俗化的人间生活,即天地君亲师、天地不是人格神,很抽象,且多元,后来君王先去权威,师道尊严也荡然无存,我们唯一的神灵与至尊就是父母与祖先,父母兼有上帝与弥赛亚降世者耶稣的功能,与我们形影不离，中国人没有西方人那种彻骨的孤独与绝望，也不怎么需要神话与童话，上帝与我们朝夕相处。孔子说："父母在，不远游，游必有方。"父母丧，子女守孝三年，是有道理的。西方的文艺复兴、启蒙运动、走出中世纪，也就是人走上前台，人在上升。中国人的上升历程，大地个在，皇帝倒了；"五四"以后，反封建、摆脱家族，巴金先生的《家》影响几代人。但摆脱上帝与摆脱父母是不一样的，上帝可以让其进教堂，父母就在我们身边，中国人的孝子相当于西方的圣徒，中国人的"家"相当于西方的私宅与教堂的结合。西方的探险家舍身异域，甚至走向太空，有《圣经》有教堂就有家园；中国人的家园有父母有祖先的坟墓，古代的中国人通西域走西口下关东都得落叶归根。中国人骨子里对异域不感兴趣。中国人的"家"意识对父母是双刃剑，一方面对子女极尽关爱，一方面父母离异子女失去的是"天堂"与"家园"，是物质与精神与心灵的多重失落。西方的人之上升，我们一直强调与神的对立，几乎看不到神与宗教对西方文明的积极作用。文艺复兴那些大师们，画圣母画耶稣，这些形象的原型几乎都是大师们的心上人，不是父母亲人就是情人，神性走向人性；而牛顿、爱因斯坦这些科学巨匠都是虔诚的教徒，研究的物质中有神有上帝，如同《创世记》在创造科学，斯宾塞《教育论》中有专门的章节讲科学与宗教的关系。我们有四大发明，李约瑟博士专门有十几卷的《中国科学技术史》，但严格意义上的科学应该包括科学技术、科学实验、科学理论,后者我们没有,传统主流文化中我们的文化不讲究科学,没有形成系统的理论,我们有算术,鲜有数学,古希腊欧几里得的《几何原本》我们没有。科幻小说在古代跟儿童文学、童话一样也是缺失的。中国古代科技走不到现代意义的科学,其中原因之一是宗教的缺失,"彼岸世界"提升人们的思维走向遥远的未来,走向更辽阔的未知领域。生活在别处,家在远方至少不是我们的主流。我们总拿古希腊与先秦诸子百家相比,孔子与苏格拉底有许多相似的地方,但区别也是很大的:苏格拉底首先宣称自己无知才求知,古希腊哲学的原意就是"爱智慧",不是智慧的化身;我们的先哲、圣贤,智慧人格化,我就是真理,我就是智慧。古希腊人说:我们仅仅是智慧的追求者。把智慧置于很高很远的地方,追求它而不占有它,智慧跟弥赛亚一样是悬置的。西方人后来信奉上帝以及上帝之子,因为古希腊人的智慧空留着,上帝及上帝之子很容易填上去,于是上帝成为大创造者,这种心理模式没有变。而且试图用几何与代数去计算去证明神的存在,一批精神探险家托勒密、哥白尼、布鲁诺们就出现了,再后来就是达·芬奇、米开朗琪罗、但丁、麦哲伦、哥伦布们。科学民主需要巨大的幻想与想象力。(四)权术过度发达。我们没有严格意义上的政治学,亚里士多德早在古希腊时期就有这样的专著,我们不是政治学,是《商君书》《韩非子》,核心词就是法术势,二十世纪七十年代初粉碎"四人帮"前夕,王元化先生写有《韩非论稿》,专论韩非的"术"。中国人对"术"太感兴趣了，这也是历史文化丰厚的结果，也是历代官场宫廷生存发展的关键问题。"术"的畸形发展，倾心于心术心计，阴谋诡计，绝不是一个健康的标志。每每读《韩非子》，我感到无限的悲哀，一个知识分子倾毕生精力写出这么一本书，几乎把人当畜生，人完全工具化，不管是被治的万民，还是治人的帝王与官吏，都成为工具，都丧失了人性，这也是以《韩非子》为治国大纲的大秦帝国迅速瓦解的原因。《韩非子》与大秦帝国奉行的是丛林原则，即古老的自然法，自然法意味着对敌人对战败者对占领区不讲正义不讲人道。汉承秦制，但其治国策与文化先黄老后儒家，与周文化接轨。礼制是儒家的核心，讲道义讲仁爱，接近西方的万民法。罗马帝国与野蛮时代的日耳曼人决战时，恺撒与日耳曼王的理念冲突，前者行万民法，占领区人民与罗马人享有共同权利，后者行自然法，对所占领的高卢地区实行野蛮统治。秦帝国其武力不亚于罗马帝国，但其治国策没有罗马的正义与文明。东罗马帝国最后奉基督教为国教又延续千年。西方直到文艺复兴晚期才出现马基雅弗利的《君主论》，大意与《韩非子》相近，也是讲统治技术，但区别在于《君主论》中有人的尊严，即使这样，这种技术文化绝不是人类的福音。近代意大利给人类的贡献是艺术，不是政治学，后来出现法西斯墨索里尼以及那么多黑手党绝不是意大利人民所愿。我们的技术文化早了一千多年，先秦时代就趋于完整，历朝历代更是蔚为大观。到了《三国演义》几乎全民化了,《三国演义》与《水浒传》所崇尚的权术与暴力对中华民族的影响太大了,四书五经也难以抗衡,今天的宫廷戏职场竞争术就是其结果。刘再复先生写有《双典批判》,笔者有长篇小说《阿斗》。

心术的高度发达使得一个民族过早地成熟,童年极其短暂,中华民族尤其是汉族,春秋战国时代还有血性有英雄气概有童心的率真单纯,南北朝五代宋元明清,那些频频入主中原的游牧民族身上也能看出先秦时代汉人消失的豪勇与纯真。童书业先生的《春秋史》中有一个细节:两个男子追求一个女子,一个男子抬金银珠宝去女子家显摆,另一个男子骑骏马入女子宅院,朝院中大树射一箭,箭头扎进树干好几寸。女子惊讶:伟丈夫也! 择为佳婿。这种故事只能在周秦汉唐以后的北方草原上存在。童心的丧失是我们民族的一大悲哀。仔细想想屈原所受的苦难在几千年中国历史上算什么呀! 司马迁、杜甫、苏东坡,以及明清的文人所遭受的坎坷都是屈原无法相比的,屈原就像个孩子,受了委屈又是《离骚》又是《天问》,刨根问底上下求索的劲头完全可以跟后来的但丁媲美。屈原有赤子之心,童心未灭,绝不委屈自己;屈原的继承者李白又是一个长不大的孩子,顽蛮可爱。我专门写过一篇有关李白的《天才之境》,大意是李白五岁前在中亚碎叶度过了金色童年,那么大的酒量,死的时候也是大醉捞水中月淹死;那么大的胆量,"十步杀一人,千里不留行",要知道想象力是需要胆量的。有气魄有胆量才能不拘小节才能打破常规,以至于打破了诗歌的文体写下最早的词;唐宋词选的前几首都是从李白的《菩萨蛮》"平林漠漠烟如织"开始,明清李卓吾、袁宏道提倡童心说性灵说,就是源于我们民族的少年老成老气横秋城府极深,陷阱深成炕,躺上边睡觉而不觉。曹雪芹的《红楼梦》最引人注目的是儿童视角,大观园里完全是一群孩子,林黛玉到外婆家时也就十三四岁,宝玉的人生也近乎童话与神话,一块玉有了灵性,求道人与和尚带入尘世走一遭,惹一段孽缘,然后又回到玉石,全书基本是插叙,两头是玉石,中间是入世后的红尘生活。用刘再复先生的说法,大观目光即赤子之眼光,童心即心灵,心无气如行尸走肉,说到底是童话是儿童文学,在儿童的视野里,成人世界荒诞可笑,英文 Nonsense、汉语童趣,即有意味的没意义,大人觉得没意思的事情孩子兴味盎然。格拉斯《铁皮鼓》里的不愿长大的奥斯卡也是孩童视野看成人的可笑与荒谬。有意思的是中国古典文学从屈原开始从曹雪芹结束,两人气质个性遭遇如此相似,都是贵族,从九天之上跌入人生低谷,反差极大,都跟孩子一样率真、单纯、童心未灭,放声大哭,其作品都是神话思维,富于浪漫主义的想象与神奇。不同的是屈原的香草美人,其美人并不指美丽的女性而是品性高洁的君子,心之所向,君王也;把政治诗写成爱情诗。曹雪芹专写美丽聪慧的女子,还有天使一样的贾宝玉,有人把宝玉与陀思妥耶夫斯基《卡拉马佐夫兄弟》中的阿辽沙相联系是有道理的。《红楼梦》与《三国演义》《水浒传》《金瓶梅》不在一个档次,后者的核心是政治权谋是江湖是世俗化生活的庸俗不堪,没有人性更没有神性,《红楼梦》有诗意有神性,大观园里的孩子们有精神世界有灵性。民间所谓孩子是精灵通神灵,《红楼梦》把我们民族的精神世界展示出来了。刘再复认为五四运动应该打出《红楼梦》这张大旗,就像文艺复兴打出了古希腊文明一样,《红楼梦》里有"五四"要发现要寻找的人、妇女、儿童。曹雪芹如同但丁,是中世纪最后一位诗人,也是近代第一位歌手。何不把《红楼梦》当一首哀歌一首长诗来欣赏。

儿童文学在中国缺失。中国是农业文明,农业种庄稼,天时天象很重要,中老年农民个个是农业专家,所以农业民族尊老,以老人为主。游牧民族工商业者交流迁徙,年轻力壮者胜,尚青春活力,尚未来;游牧民族以及欧美国家直到现在也是儿童的天堂成人的地狱。游牧民族古代还有一种习俗,老人年老体衰就悄悄离开群体到荒漠去自生自灭。周人最先从游牧转入农业,也最先尊老爱幼建立最初的礼仪,后来走向极端;到了宋元明清,全民族老人化,暮气弥漫,鲜有朝气与青春活力。

结论是儿童时代,即幼儿园到小学阶段应该让孩子们阅读本民族以及人类所有优秀的神话传说、史诗、童话、科幻、儿童文学,让孩子们充满幻想。幻想再进一步就是想象,想象与幻想的区别是,幻想完全虚无缥缈无实现之可能,而想象是可以实现的幻想,想象有一种内在的逻辑,有理性的因素,要让人信服。想象的一般定义是记忆通过联想产生新形象的过程,联想是平面的,是物理反应,想象就是立体的,是化学反应;康德给想象下的定义是:强有力地从自然现实中获取材料形成第二自然,即艺术世界。想象是一种能力,是创造力,是生命力,也是概括的能力。想象力的主要特征是:(一)把不可能变为可能;(二)在貌似混乱毫不相关的事物之间建立内在的联系;(三)打破常规,超越平庸与一般,大起大落直达事物的本相。这种能力与素质应该形成于人生的童年即黄金时代。维柯把人类历史划分为神的时代、英雄时代、人的时代,童年是人的神性时代,那时我们每个人头上三尺都有神灵。

三

中学到大学正好是人生的青少年时代,关键词是青春,对应的是诗歌,诗歌的核心是情感。诗歌在文学中最古老也最接近音乐,文学源于生活源于劳动,不如说源于原始人的巫术。巫师是连接上天与人类的通神的一类人,也是原始知识分子。巫术的仪式载歌载舞,歌词分离为音乐与诗,诗最初是歌唱的。所有民族的文学都从诗歌开始,也都从爱情诗开始,这是人类从野蛮走向文明的标志。闻一多先生把《诗经》称为中国人歌唱的时代;孔子给我们的诸多贡献之一就是编纂《诗经》,有点近于希伯来人的先知与士师。《旧约》最感人的篇章除上帝《创世记》外就是《雅歌》，所谓雅歌即诗歌中的诗歌、最优美的诗歌。希伯来人历史上的黄金时代，繁荣强大的所罗门时代；智慧与雄才大略的所罗门王看中了一位美丽的牧羊女，牧羊女被带到富丽堂皇的宫殿。牧羊女不快活，牧羊女怀念在旷野牧羊的日子，风餐露宿中，牧羊少年赤裸温暖的胸脯远远超过所罗门王的宫殿，希伯来人就把牧羊女的歌声收入经典，与《创世记》与摩西五经并列。编纂《诗经》的孔子远比后人想象的要丰富要有情趣，那些爱情诗篇让全人类都能感受到我们的祖先有那么丰富美好的情感生活。孔子绝对是一个感情深沉细腻丰富的人，读《论语》也能感受到孔子的风趣与幽默。司马迁在《孔子世家》的结尾情不自禁地写道："'高山仰止，景行行止。'虽不能至，然心乡往之。余读孔氏书，想见其为人。……天下君王至于贤人众矣，当时则荣，没则已焉。孔子布衣，传十余世，学者宗之。自天子王侯，中国言六艺者折中于夫子，可谓至圣矣！"先秦时代的孔子应该是这样子，不是董仲舒修改过的孔子。五四时期一句口号"打倒孔家店"，陈独秀等"五四"先哲也特作说明打倒的不是先秦的孔子，是被历代统治者改造的孔子。孔子最富于人性光辉的篇章在《诗经》与《论语》中，编《春秋》次之，到了他的弟子们作《中庸》《大学》，所谓形象大于思想，艺术家孔子远离了我们。儒家诗意的部分消失殆尽。到荀子儒学转向纯粹工具理性，以前的儒家没有操作性，故处处碰壁，孟子应该是最后一位大儒,尚有理想主义的余温,荀子应该是儒家转向法家的关键人物,他的弟子韩非彻底剔除掉儒家以及人文主义的理想色彩、仁爱慈悲以及世间所有的温情与诗意,把人性恶发挥到极致状态,秦始皇以此为治国策平天下,儒法相通,前者纯理论,后者纯技术。与此相应的古希腊,苏格拉底相当于孔子,柏拉图相当于孟子,亚里士多德应该对应荀子、韩非子,但亚里士多德不是孟子、韩非子,亚里士多德没有背离苏格拉底柏拉图们的古希腊文化传统,亚里士多德有《诗学》《物理学》《动物志》《尼各马可伦理学》《政治学》等一系列巨著,《尼各马可伦理学》探讨何为善,何为幸福与道德;《政治学》探讨何为最好的政府形式,认为国家必须有超乎强权之上的道德目的。亚里士多德也是古希腊学者中在亚洲伊斯兰世界影响最大的人,直接影响了伊斯兰哲学哈兰学派、凯拉姆学派、苏菲主义,形成阿拉伯亚里士多德学派,代表性哲学家有肯迪、拉齐及出生在中亚的伊本·西拿、法拉比,法拉比被人们称为伊斯兰世界的亚里士多德,第二导师;他们又反过来影响了欧洲的阿奎那,伊斯兰世界保存了希腊文化,也成为文艺复兴的思想来源之一。亚里士多德生前最得意的学生亚历山大大帝,一手执剑一手执《荷马史诗》,征服世界,其武功绝不亚于秦始皇,亚历山大大帝所到之处几乎都被希腊化,把希腊文明传播至欧亚非三大洲。直到汉武帝那个时代,大月氏人西迁,灭大夏,那个大夏就是希腊文化在中亚的最后王朝。张骞通西域,促进了印度文化希腊文化与中原文化的大融合。大秦帝国有军功,有政治制度建设,有经济力量,唯独没有文化,所谓楚有三户可以亡秦,战国晚期,楚国的政治军事一败涂地,可楚文化远在秦之上,《诗经》之后《楚辞》让长江流域人民的精神大放异彩,老子庄子也是楚文化的一部分,秦的遗民司马迁基本上继承的是楚文化以及浪漫主义与道家思想。李长之先生的《司马迁之人格与风格》有很好的阐述,李长之另一大作《孔子的故事》仅八万字,是我所读到的最朴素感人的书。

我总以为农业文明封建社会诗歌是一体化,中国封建社会的顶峰盛唐也是人类农业文明最辉煌的顶峰了。所谓盛唐之音,非诗歌莫属,一首《春江花月夜》极尽青春与生命的美好,韩愈所谓"李杜文章在,光焰万丈长"。诗歌这种文学形式在唐人笔下,穷尽了中国人最具生命力的部分,所谓周秦汉唐,中国人慷慨豁达豪迈勇武,而宋元明清老迈体衰暮气沉沉。人类各个民族传统文化中最精华的部分不是政治思想哲学,而是充满想象力与情感世界的文学艺术,所谓取其精华,去其糟粕,糟粕大多在哲学思想领域。文学史告诉我们,李白是屈原《楚辞》浪漫主义的继承者,杜甫是《诗经》现实主义的继承者。笔者以为三十岁前读李白,那种天真单纯热情飘逸与青少年的青春相呼应,离开校园步入社会,有了阅历,再读杜甫,人世之沧桑情感之沉郁体会更透彻。这种沉郁厚重的情感其因何在?我以为孔子以后,原始儒家那种仁爱思想的真正传人是杜甫，不是董仲舒、郑玄，不是古文经学今文经学，不是韩愈，不是宋明理学乾嘉朴学，他们改造孔子改造得面目全非。不要忘了《诗经》是经孔子之手留传于世的，《诗经》与原始孔子诗意的人文意识弥赛亚降世一样降临在杜甫身上。笔者有幸中学时买到傅庚生先生的大作《杜诗散绎》，后又在旧书店购得傅先生另一大作《杜甫诗论》以及冯至先生《杜甫传》和萧涤非先生《杜甫诗选注》。其中一个细节令人难忘：杜甫幼时由姑妈抚养，瘟疫流传，姑妈把最好的房间让给杜甫，她的亲生儿子——杜甫的表弟染病身亡，也就是说杜甫的命是表弟换来的，这种童年记忆影响了杜甫的一生，也是杜甫诗歌的元气所在，这种舍身的义举，近于佛教故事中的以身饲虎。杜甫的人生注定为灾难所准备，比他年长十多岁的李白是为盛唐而生的，闲云野鹤一般，安史之乱爆发，李白很快离开人间，杜甫走上前台，动荡不安颠沛流离几乎是他大半生的写照，自己的孩子都饿死了，他还惦记着皇上吃饭了没有，泪水打湿了手中的野菜团子。每当读杜诗，心中的酸楚难以诉说，几乎是耶稣的化身，替人类承受苦难，唯独忘记自己在苦难中。我更多地想到的是孔子，仿佛孔子再世，也只有杜甫把原始孔子的仁爱提升到信仰又还原到日常生活。儒家的仁爱与佛教的慈悲、基督教的怜悯是人类最美好的精神资源。

当我们把想象力当作创造力的时候，情感就是人生的动力，动力比创造力更重要，应该是人生第一要素。人生开始的时候情感教育太重要了,我们生命的第一缕曙光应该有爱有温暖;爱是一种艺术一种素养一种能力,情感世界中最高的状态是爱。诗歌是表达情感的最佳文学方式,戏剧小说散文,这些叙事艺术最完美的状态也是包含了诗性元素的状态。

情感是有层次的,激情、情绪也能导致恨,情操情怀就属于高层次了,有了境界,有了理性的因素,最高的层次是爱,爱是毋庸置疑地接近信仰,达到爱的层次的情感其关键词是真诚、虔诚。好的艺术品本身就是爱的教育。托尔斯泰听完柴可夫斯基的《悲怆交响曲》泪流满面;海涅在断臂的维纳斯雕像前唏嘘不已;俄罗斯人听完夏里亚宾演唱的《伏尔加船夫曲》没有欢呼没有鼓掌,而是默默地站立,然后默默地离开,从此,终其一生那美好的歌声久久回荡心底难以消散;拿破仑戎马生涯中随身携《少年维特之烦恼》,战争也无法抵挡对爱情的渴望……文学艺术使人成为真正的人,提升人,丰富人。现代主义艺术一味地哲理化,一味地深刻,一味地排斥感情,一味地零度写作,哲学一样深刻到人性的本质,本质并不是人性的全部,黑格尔早就警告过:知性把握不了美,酒精不是酒,人生丰富的情感世界的丧失也是现代主义艺术的一个教训。

回到伟大的李白以及所有中国古代的诗人,其作品大部分抒写了自然的美,抒写了家国情怀,抒写了友情,尤其是田园山水诗,连同中国画,表现了大自然的神韵。大自然大地意味着母爱,对大地对大自然的尽情讴歌背后隐含着中国人浓郁的母子之情。前边讲过父母是中国人世俗生活的上帝，父母扮演上帝的角色。如果说神话传说英雄史诗童话科幻儿童文学所包含的幻想与想象力追求的是神奇的话，与诗歌以及一切充满诗意的艺术品相关联的情感世界，所追求的则是真诚。中国人的情感世界基本是天地君亲师，与西方文学相比我们缺失的是夫妻之爱。杜甫与苏东坡给妻子写过少量的作品；清代江南一个叫沈复的小商人有一部记录他们夫妇生活的小册子《浮生六记》，生动感人，堪称杰作。大多文人写尽了歌妓，柳永是这方面的高手；李商隐的爱情诗篇大都写的是与情人的隐秘生活，极其朦胧如同密码。大胆直白的是《金瓶梅》《肉蒲团》以及各种房中术、采阴补阳大法，足以让以性文化著称的欧美各国目瞪口呆。我们作品中的女性形象，从貂蝉、潘金莲、潘巧云、王婆到《金瓶梅》系列到曹七巧，不是女间谍就是恶妇淫妇毒妇，我们的罗密欧与朱丽叶何在？我们的安娜·卡列尼娜何在？我们的《简·爱》、《呼啸山庄》、简·奥斯汀何在？更不要说但丁与贝雅特丽齐、彼得拉克与劳拉了。不得不再次提及《红楼梦》，曹雪芹总算以一系列光辉灿烂的女性形象把中国古典文学推上了高峰。曹雪芹是一个伟大的浪漫主义作家也是伟大的现实主义作家，贾宝玉与林黛玉心心相印，但没有成为夫妻，曹雪芹无法解决这个难题。我们无法想象林黛玉的家庭生活，林黛玉追求的是爱情不是婚姻。倒是托尔斯泰的《战争与和平》解决了这个难题,十五六岁的少女娜塔莎爱上了安德烈公爵,安德烈公爵快三十岁了,妻子去世,这个成熟的男子请求娜塔莎一年后再公开他们的婚约,这一年娜塔莎经历过种种磨难,最伤心的是受流氓诱惑差点与其私奔,幸好亲人们劝阻,后来安德烈公爵去世,小说结尾娜塔莎在二十五六岁时与安德烈公爵的朋友皮埃尔结婚。女性从少女到少妇这种巨变绝对是文学世界的珠穆朗玛峰,相当于从林黛玉到王熙凤;老托完美地写出了这惊心动魄的一幕。中国汉族文学没有这一幕。笔者在西域十年,读到大量少数民族的作品,像《纳瓦依》像《十二木卡姆》,那么多爱情诗,都是几百首几千首,或者几万首的爱情长诗。

爱情诗,爱情小说,与情感有关的杰作应该是青少年时代的精神食粮。情商很重要,一个人一个民族的品格更多地体现在对女性的尊严与赞美上,所谓绅士风度、骑士精神也应该体现在东方男人身上。弗洛姆有一本小册子《爱的艺术》。童年是充满神灵的黄金时代,青少年则是半人半神的英雄时代,在进入理性之前,应该有想象力这双翅膀,更应该有情感这个发动机,一个人在进入社会的时候,在展示他的能量与才华的时候,就应该懂得生命有三种力量:以力制人,以理服人,以情动人。特别强调童年到青少年最好的导师是大自然,苏联有教材《学前儿童认识自然》,法国有埃德加·英林与安娜·布里吉特·凯恩的《地球祖国》。

四

这里所说的中年指青壮年,即青少年时代结束,步入社会,也意味着真正生活的开始。社会与生活是辽阔的复杂的,诗性的美的元素沉潜在生活深处,与之对应的是小说戏剧。

小说戏剧的出现标志着封建社会的衰落,尤其是小说,基本上是城市的产物,是工商业的产物。宋元明清城市大量出现,像武大郎这样的人凭手艺可以在城市谋生,不再依赖土地。《三国演义》中的关公是义的化身,这种义已经是包含了近代工商业的元素,关公对大哥讲义,对曹贼也讲义,对所有人都讲义,所谓义薄云天,既是财神也是武圣,倒是张飞、李逵这些人是真正的封建奴才,张飞、李逵只认大哥,大哥以外全不是人。关公这种义无界限是封建文化的异类。封建文化是封闭的、固定的、静止的,工商文明是动态的、开放的。动态开放的文明形态,其诗性的美的元素深含在客观冷静的叙事中。西方从《荷马史诗》开始,就是叙事性很强的史诗,有人物有情节有细节,写实功夫很深,完全可以当小说来欣赏。从古希腊开始就是工商业立国的城邦国家。希伯来人也是从游牧到商业,《旧约》里全是动人的民间故事。这些叙事文学是正儿八经的经典。与之相反的农业立国的中国有悠久的抒情传统,古典诗歌基本上是抒情诗,叙事文学不发达。历史文化极为发达,历史是集体的声音,而小说是个人的声音。抒情诗也是个人的声音,但抒情诗的主人公是诗人自己。中国文学史基本是诗人自己的历史,欧美文学史既是作家史也是作家创作的人物形象史。中国古代,人的形象是缺失的。五四运动发现了人、妇女与儿童,这些有血有肉的个体"人"。

中国少数民族三大史诗跟《荷马史诗》相比毫不逊色。《荷马史诗》一旦成形就成了死史诗,中国三大民族史诗都是活史诗,从诞生那天起一直在发展,一代又一代民间歌手"与时俱进",这个民族存在到什么时候史诗就发展到什么时候。它几乎是一个民族的活历史,又比历史生动传神,是由一个个鲜活的人物传奇故事构成的,加上众多艺人的想象创造,既是个人创造又是集体创造,体现出民间艺术的风貌,即作者彻底消失在他所塑造的人物与故事后边。敦煌壁画和蒙古、藏民族的唐卡宗教画也是这种古老的风格,真正接近艾略特所说的客观化非个人化。

中国少数民族史诗的这种叙事艺术对中国叙事文学的发展意义巨大。本人当年的西域十年实在是一种机缘。初中时听一位同学讲艾里·库尔班的故事,后来在阿尔泰草原再听到熊的故事就萌发了给额尔齐斯河写一部小说的念头,就是后来的长篇《大河》。小学五年级在村子里找到一本《革命烈士诗抄》,读到维吾尔诗人穆塔里甫的诗,第一次感受到诗歌的美妙,后来我成为伊犁州技工学校的教师,来到伊犁河谷穆塔里甫的家乡尼勒克县,尼勒克在蒙古语中是婴儿,尼勒克大草原就像一个生机勃勃的婴儿静静地躺在中亚腹地天堂般的伊犁河谷。尼勒克种羊场与石河子紫泥泉种羊场都是新疆美利奴羊的产地,后来我写了短篇《美丽奴羊》,再后来写了长篇《西去的骑手》,直接写到了穆塔里甫。这位优秀的维吾尔族诗人,被盛世才杀害时年仅二十多岁,他的笔名卡衣纳奥尔凯希,就是波浪的意思,西域瀚海里的波浪,生命如朝露鲜美烁亮。笔者数百万字的"天山系列"小说都是汲取少数民族活史诗的结果。这种方式的叙事艺术比欧美文学更容易为我们所接受,都属于中华民族,在一块土地上生活。有意思的是柯尔克孜人的《玛纳斯》里的英雄,有柯尔克孜人,有哈萨克人,有卡勒玛克人(即蒙古人),有契丹人,有汉人,任何一个草原民族的形成崛起都是好几个民族融合的结果,那个时代的草原歌手就有朴素的人类意识。在唐朝那个大时代,李白杜甫们都有壮游天下的经历。波斯诗人萨迪说过:一个诗人应当前三十年漫游天下,后三十年写诗。诗歌如此,比诗歌更丰富更复杂的小说更需要一个人的社会阅历。元曲兴盛的一大原因就是蒙古人建立了世界帝国,欧亚大陆连成一体,人类空前的大交流,催生元曲的繁荣。草原游牧民族的这种动态开放式文明很接近欧洲工商业文明。

从来没有像我们今天这样强调作家的地域性与户籍,连封建时代的文人都不如。有谁审查过司马迁、李白、杜甫、白居易、罗贯中、施耐庵的作品内容与籍贯？小说是一种他者的艺术,从封闭走向开放,从我走向他,从故乡出发走向异域;小说是个野孩子,好奇、喜欢冒险,具有堂吉诃德精神,不再闭门苦读,要骑着瘦马执着破枪去挑战风车。小说是世俗世故的老江湖,又是天真的孩童,这种天真让小说骨子里保留了古老的诗意。中国传统小说的三大中心:宋话本以及《水浒传》的中心在中原开封汴梁,今天中原河南的小说底色就是活脱脱的《清明上河图》。"三言二拍"的中心在江南吴越之地,今天的江南小说底色就是说不尽的风花雪月;比这更早的唐传奇,其中心在长安,丝绸之路的起点,西北及北方游牧民族梦寐以求的繁华世界,周秦王朝就起自西戎,关中及长安深深打上了西域以及北方草原的印记。诗歌在长安走向顶峰,然后是唐传奇,西北再西是河西走廊的宝卷,敦煌卷子,处在《格萨尔王传》《江格尔》《玛纳斯》这些东起兴安岭西至天山昆仑山的草原史诗带上,今天的陕西以至大西北小说不接受其影响实在说不过去。汉唐长安可是与罗马并列的国际大都市,尤其是唐长安,儒道释三家并重。伊斯兰教兴起不久就传到中国,学术界认定具体年代为公元751年,而化觉巷的清真寺建于公元742年。基督教也传入唐长安。这种黄金时代开放的意识旺盛的生命力,应该是真正的中国小说精神,成熟自信健康豪迈。从唐诗到唐传奇秉承的是司马迁的《史记》风格,太史公以奇取胜。相比之下沈从文汪曾祺格局气象过于狭小，汪曾祺曾有写汉武帝的凌云之志，无奈太近宋话本与宋人笔记，无法走进唐人世界。体现一个民族伟大精神的应该是其生命力最旺盛的黄金时代，而不是暮气弥漫的衰落期。陕西应该对中国文学有更大的贡献。

小说戏剧对应的青壮年属于维柯所说的人的时代，神灵远离人类，人还原为人本身，经验丰富脚踏实地，真实而充满理性。

五

中国古典文学的正宗应该是诗歌散文，所谓诗文大国，小说戏剧是不登大雅之堂的，是鸦片战争以后接受西方文明的结果，尤其是王国维、梁启超的大力推动小说戏剧与诗文并列，开始有了文学史的意识。古代文人所有的艺术理想基本上倾注于诗词歌赋，诗言志，志者抒情。散文是要载道的。先秦诸子百家都是以文阐述自己的理念。包括极具想象力的《庄子》，基本上是个大寓言，在无限的时空里阐述君子不器回归自我的理念。先秦那个大时代很容易让我们想到希腊、罗马。中西文化的差异再次显示：苏格拉底跟孔子一样都是述而不作。孔子生前经手的就一部《诗经》，不学诗无以言，诗可以兴观群怨，往载道上扯；另一部就是《春秋》，孔子作《春秋》乱臣贼子惧，中国人很在乎青史留名，伟大的历史传统从此确立，春秋笔法，微言大义。孔子自己的原创性言论死后被弟子们编为《论语》，也相似于柏拉图编写老师苏格拉底的对话集，区别从这里开始。中国最初的文都是子曰子曰，《老子》《易经》《尚书》，孟子、庄子、荀子、韩非子、公孙龙、墨子们都是独言独语不容置疑，个个都是全知全能王者风范。从苏格拉底柏拉图开始的对话体，西方就形成了最初的平等对话传统，文本里至少有两种声音，古罗马人将其发扬光大，元老院的公开辩论，西塞罗的散文就是其代表；还有罗马的法律，真正现代意义上的法律意识，给双方都提供辩白的机会，即使战争也有国际法庭给对方以说话的平台与机会。辩论演讲也一直是西方教育的主要课程。从古希腊罗马戏剧发展而来的法国的拉辛、莫里哀及德国的莱辛一直到英国的莎士比亚的话剧，演员的基本功是说话，这种本领得之于辩论与演讲。话剧直接导致电影的产生，有人把中国皮影当电影的起源，其仅是技术上的光影手段，那种平等对话的精神元素我们没有。对话传统的另一发展就是小说艺术中的复杂的心理独白与复调，两种以上的声音，音乐里有复调，绘画里有美丑对立、立体多元，叙事艺术就不是一种声音。

散文是叙事艺术的基础，散文从本质上讲不是一门艺术，《美文》杂志好多年前打出"大散文"的口号是有道理的。这本来是中国古代散文的传统，八大家的散文也好，前秦诸子的散文也好，《史记》也好，《古文观止》也好，作者都没有把所写的文章"艺术化"，"第二自然"与"第二现实"与此无关，打的报告上的奏章书信墓志铭题跋，总之诗词歌赋韵文以外的文字统统都是散文。散文这个概念直到宋代才出现，以前就是文章，所谓晋字唐诗宋词汉文章。两汉就司马迁、班固、扬雄、刘向们的历史书学术书。有人想远离生活形式主义 下，六朝华丽的骈文让韩愈愤怒，韩愈要搞古文运动，文起八代之衰，文风就改过来了，古老的散文再次复兴，唐宋八大家，真正的大师也就韩愈、柳宗元、苏轼、欧阳修。宋人好理，韩愈本身好说理，他的诗基本上都是哲理诗。韩愈开辟了宋人风格。韩愈竭力反佛，从此中国文人吸收异域文明的传统基本上也停止了。有趣的现象是唐没有爱国主义诗人这一说，这个桂冠从宋人开始。关中及长安在周秦汉唐多次被异族攻陷，也多次吸纳异域文明。宋代开始我们的心灵封闭起来。八大家以后，散文也渐渐衰落了，清朝出现过桐城派，不敌明清的野史笔记小品文。

散文是人生的冬天与老年，春生夏长秋收冬藏，人到老年生命之火不再熊熊燃烧，也不再折腾不再经历大风大浪，该经历的都经历了，生命用最后的热量把青壮年的经验提升为智慧，老者智。古人常常说智叟，张良年少轻狂，需要老人的一番教诲；李白年幼顽劣，老婆婆以铁棒磨针启发之；让韩信大悟的那个妇女，大概也是五十多岁的老妈妈。现当代的散文大家也都是季羡林、金克木、张中行这些老学者，知堂老人周作人早年就比他的兄长鲁

218

迅老气,所谓少年老成。鲁迅到死都有一股子年轻人的血性与火气。杂文即所谓文艺性的社会论文,真不是一般常人所能及,那是散文中的散文,以思想的锋芒见长。专家学者的散文太文人化,丰子恺倒是到了一种化境,书画文俱佳。

还是以维柯的观点,人类从神的时代到英雄时代到人的时代,老年人以中国人的习惯应该返老还童,返璞归真,陶渊明所谓"此中有真意,欲辨已忘言",神灵再次降临,生命画上圆圈,这也是生命最后的辉煌。笔者在西域见过无数的维吾尔族老人、哈萨克族老人、蒙古族老人,老头子们个个像千年不死千年不倒千年不朽的胡杨,老太太们个个像温暖绵软的老绵羊,那一刻我才发现老有一种罕见的美。笔者也在沙漠深处、在天山大峡谷,看到辉煌的落日,太阳不是落下是出生,是一个巨婴在天地间爬行,我相信任何一个见识过天山落日的人都会泪流满面,都会产生这样的念头,生命如此美好,看了这人间美景此时此刻死了也值,那是一种可以跟爱情相媲美的生命体验。这就是中国人的生命意识,生命是轮回的,时间是循环的,春夏秋冬一年四季二十四节气六十年一甲子,王朝也是兴衰轮回,我们今天依然用公元纪年,但骨子里还是农历这种古老的时间观,生命不就是时间吗? 西方的时间是线性的。古希腊文明最终以亚历山大大帝希腊化殖民扩张而衰落。特洛伊人突围到意大利成为拉丁人的祖先,建立罗马及罗马帝国,在殖民扩张中耗尽元气为蛮族所灭。欧洲的近代文明，文艺复兴发于意大利，向北到法国启蒙运动政治大革命，到德国宗教改革产生新教，到英国就是工业革命，扩张成世界帝国，产生了一个美国，大英帝国就此衰落。勇往直前线性发展。英国有戏剧有小说，但也有悠久的散文传统，兰姆《伊利亚随笔》、吉本《罗马帝国衰亡史》等，王佐良先生著有《英国散文的流变》，有详尽的介绍。希罗多德的《历史》、蒙田的随笔、法布尔的《昆虫记》、普鲁塔克的《希腊罗马名人传》、爱默生的散文随笔、普里什文《大自然的日历》、帕乌斯托夫斯基《金蔷薇》，都值得一读。更要强调的是，中西都有大散文的意识。达尔文的《物种起源》、牛顿的著作、维纳的著作、南丁格尔的《护理札记》、马尔萨斯的《人口原理》、洛伦茨的《灰雁的四季》，中国的竺可桢、茅以升、胡适、顾颉刚、史念海这些自然科学、社会科学大师们的作品也都是极好的散文，千万不要拘泥于所谓的专业散文作家作品。再重提一下，李敬泽的观点，散文根本不是艺术，而是生命本身。

每一个生命无论成败，都有充满幻想的童年（幼儿园到小学），都有感情丰富敏感多变的青少年时代（初中到大学），都有青壮年丰富的社会阅历与人生体验（走出校门进入社会），都有充满智慧的老年即耳顺之年，这也是人类以及个体人的神的时代、英雄时代与人的时代，也是从神话童话到诗歌到小说戏剧到散文贯穿着鲜活生命的过程。喀喇汗王朝伟大的诗人哈斯·哈吉甫写了一部长诗《福乐智慧》，意即追求幸福的智慧，也就是今天我

220

们说的幸福指数,这个观念来自喜马拉雅群山中的小国不丹。东方人追求智慧,追求幸福的智慧,这才是生命的价值所在。

2012 年 5 月 4 日西安南郊大雁塔下

自然·乡土·方言与小说创作

乡土小说

乡土小说有鲁迅的传统,有沈从文的传统,有孙犁、赵树理的传统,乡土、大自然是我们古老的家园,包括亲切无比的家乡方言,在小说中来几笔方言跟吃家乡饭一样解馋,有淋漓酣畅之感。这些庞杂的内容如果写成诗歌,就有许多限制。沿着中国现当代的乡土小说进入古典文学,进入《水浒传》《三国演义》《金瓶梅》《红楼梦》《儒林外史》包括冯梦龙的"三言二拍",都是封建时代的"城市小说",《西游记》则是中国版的《堂吉诃德》,去异域探险;再远一点,宋话本、唐传奇、魏晋志怪志人小说,班固与庄子对小说的定义,《庄子》本身也与乡土无关,甚至可以把《庄子》当长篇小说看,有故事有人物有巨大的想象力。小说绝对是中国传统文化的异类、野种，小说成熟的时候，中国封建时代衰败了，小说骨子里就不乡土。中国古代的小说精神接近西方小说，都是城市的产物，摆脱了乡土，在城市里凭手艺生存。《水浒传》里顶窝囊的武大郎卖炊饼谋生，还能吃到天鹅肉。小说骨子里有一种开放的意思，不再守望故乡、祖坟，固定在村庄的人们由于种种原因开始了迁徙，从熟人团体走向陌生世界，走向他者，预示着现代文明的开始。西方更显著，《荷马史诗》怎么看都像小说。鲁迅的小说开始于北平，结束于上海，另一个写过《春蚕》的茅盾进入上海留下了《子夜》。张爱玲笔下的上海怎么看也不是现代化的上海，而是地主大庄园，至少让我感受不到上海的活力。倒是萧红，乡土的外壳下奔腾着现代文明蓬勃的生命力，《呼兰河传》写在香港很有意思。更有意思的是卡夫卡与辛格都是犹太人，辛格充满犹太人的"方言土语"，而卡夫卡则用德语写作，很少涉及犹太人身份，更不用说布拉格犹太社区的气息，而卡夫卡骨子里更有犹太民族的气质。另一个犹太画家康定斯基对美下的定义是：心灵的内在需要，好像专门对卡夫卡说的。犹太身份，寄身于奥匈帝国的捷克民族中心布拉格，异质文化无疑开拓了卡夫卡的心理空间，而不仅仅是父子间的冲突，前者是反潜意识，后者是有意识，潜意识的影响更久远更深厚。我们一味强调小说艺术的"时间"，是否忽略了"空间"？小说的野性气质自由精神应该体现"时间"与"空间"，无限的时间与空间构成宇宙，宇宙比社会更有立体感。

大自然和大生命

　　真正的自然在西部,山脉、树和草甚至人的生命在这里才显得真切而细致。西部一直是探险家和余纯顺这样的壮士涉足的领域,对许多内地人来讲,帕米尔高原、天山、阿尔泰跟月球没什么区别。我在新疆生活的十年里,碰到不少港澳的中学生,香港的面积不及新疆一个乡镇,香港又是一个大都市,金融中心、服装加工中心。大都市所需要的大生命驱使这些中学生走向大自然。商业并不排斥人的生命意识,而是对生命意识的挑战。欧洲第一代商业繁荣是哥伦布引发的,麦哲伦们在大海里锤炼出来。二十世纪末,一个十二岁的瑞典孩子发誓要到中亚细亚去当探险家,在他看来探险生涯是上帝赐给他的幸福,他就是斯文·赫定,用五十年时间深入中亚腹地进行考察。在斯文·赫定身后,是北欧那个布满森林湖泊和冰雪的童话世界,安徒生只能产生在北欧。全世界的儿童都喜欢《西游记》,《西游记》记的就是火焰山、大戈壁、大山脉、大沙漠,没有雄奇的西部做背景,孙悟空、猪八戒也只能缩在陶罐里做蛐蛐。

　　可以在城市的中心造一座公园,在公园里蓄一池子水,再弄一座假山,甚至可以把泰山、华山、黄山、峨眉山加工成旅游胜地。但你能在那里领略到大自然的神韵吗?在西部你不可能给戈壁围上栅栏,你不可能在天山上加锁链修台阶,阿勒泰市郊的桦林公园也只是在克兰河的出口加一道砖墙,那么湍急的一条河是戴不上笼头的,那么好的天然白桦林还需要你动手动脚吗? 一位朋友曾与意大利留学生同游塔里木,留学生惊奇地发现,大客车上没有内地的中国人,留学生问他:"地球上这么神奇的地方,怎么没人来玩?"不是我们不喜欢玩,不喜欢山水,是我们没有魄力走向宏大的自然。

帕米尔高原、天山、阿尔泰离我们太遥远了。这些词汇产生在张骞的背景里,产生在《大唐西域记》里。李白的诗篇之所以成为盛唐之音,是因为李白在中亚草原度过了金色的童年,大漠孕育大想象、大激情,李白的黄河是从天上来的,不是山上来的。略逊于李白的杜甫,年轻时也曾壮游天下。我们衰落的过程也是大自然意识的衰落过程。宋朝把自己龟缩在长城以内,版图上再也见不到雄奇的山脉和一泻千里的大江大河了,只攥着黄河、长江的尾巴。孕育生命的女性被裹成小脚。盆景园林大盛。文人画全是纤细的瘦鹤。明清以至近代,文人钟情的全是枯荷、死鱼、葫芦和虾。何不把长征看作民族自然意识的苏醒呢? 金沙江、大雪山直到长江、黄河之源,汉唐英雄时代的气息出现在毛泽东的《沁园春·雪》里。岳飞最感人的不是"饥餐胡虏肉"不是"迎二帝",而是"还我河山"。《说岳全传》中有个细节,周同教岳飞学武的同时,带岳飞到大自然里去饱览河山的壮美。用高尔基的话讲,大自然培养爱国主义。高尔基非常喜欢普里什文,因为普里什文的作品里有一种把大地当作自己的肉一样的感觉:人是大地生出来的,可是他又用自己的劳动使大地怀孕,用自己美丽的想象美化大地。俄罗斯文学的这种大地意识是其他民族难以企及的。苏联有一本教科书《学前儿童认识自然》。大自然作为孩子启蒙的第一课,飞禽走兽、森林草原,不是图片,而是到野外去采集制作标本。我们对大自然的理解还停留在公园里,停留在旅游景点上。也差不多都在东部地区,就是新疆人说的"口里",口还没有杯子大,尽管玲珑剔透,却难以产生浩大的生命气象。

文学的杂交优势

"新疆"这个名称是清末左宗棠征西后出现的,宁夏、青海更晚,民国十八年即 1929 年前后设省,元明清整个西北就是陕甘行省,西汉开始嘉峪关以西叫西域。最早通西域的都是山西、陕西人,从官方到民间,直到今天,天山南北的土著族大都是陕甘籍,整个大西北都叫秦。秦腔是西北剧种,通行陕甘方言,风俗习惯差不多。最早出现在西域的汉族人,普通百姓就不用说了,有名有姓的如张骞、班超父子、苏武、玄奘都是陕西人。秦腔也是新疆少数民族唯一接受的汉族剧种,常有维吾尔人扮演角色。《十二木卡姆》里就有秦腔的旋律。我对秦腔的喜爱不是在家乡关中。

我是农家子弟,刻苦读书的目的就是跳出农门,进入城市,中学时这个愿望强烈得不得了,全中国农村学生跟我差不多,那时我听到秦腔就头大。父亲当了先进,奖了一台小收音机,归我所有,每天晚上做完作业我一个人躲在厨房里听世界名曲,以抗土得掉渣的秦腔。这个小收音机一直用到大学毕业。我根本没想到大学毕业后我能西行八千里,我更没想到我在伊犁街头听到木卡姆时,会被其中古老的秦腔旋律所击中。在天山脚下用一千年的目光遥望我的故乡陕西关中渭河北岸那个叫岐山的小城,那也是历史上周王朝的龙兴之地,所谓凤鸣岐山,岑仲勉先生考证周人来自塔里木盆地,周人的原始农业与塔里木盆地的绿洲农业有这种遥远的"血缘"。这大概就是文学的根。就更不要说丝绸之路了,从长安到西域一直到罗马。向达先生著有《唐代长安与西域文明》。公元八世纪至九世纪从北亚蒙古高原分三支西迁天山南部的维吾尔人的祖先回鹘人跟周人一样也是在这块热土上从马背民族成为定居的农业民族,天山所孕育的绿洲农业对人类功莫大焉,以至人类学家把塔里木盆地称为人类文明的摇篮。十一世纪维吾尔人诞生两个文化巨人:喀什噶里与哈斯·哈吉甫。喀什噶里的《突厥语大词典》里把中原称上秦,大西北至西域为中秦,西亚至罗马为下秦。哈斯·哈吉甫的《福乐智慧》近于孔子,更近于同时代的北宋大儒、关学创始人张载,他们思考一个共同的问题,知识造福于人类,造福于每一个人,也就是今天所说的幸福指数。

所以一个陕西人在天山,那种亲和力跟一个山东人、河南人、上海人是不一样的。

费耶阿本德《征服丰富性》一个主要观点:大自然本来是丰富多样的,理论则相反,旨在简化自然的丰富多样性。韩少功《爸爸爸》中的丙崽心中只有爸妈,张飞、李逵心中只有大哥。德勒兹在《差异与重复》中提出"他者理论",即他者是一种可能的世界。小说就是写他者进入他者的世界,小说是城市文明,是资本主义精神,是工商业,而不是农业;是开放性、公共性、交往性的,而不是封闭的——唯我独尊一山不容二虎;相比之下,关公更有近代工商业精神,关公的"义"包括了"异类",在大哥之外有曹操,汉贼不两立,关公破了戒,容忍差异,尊敬他者,要高于存在主义的"他人即地狱"。《文心雕龙》里那颗"文心",显然不是张飞、李逵们那颗封闭狭隘的心,不是丙崽那颗简化到干骨头的僵化的心,"心"之为心,应该是开放的、丰富多样的,方可"雕龙",雕的是龙,不是井底之蛙,不是地头蛇。吉尔兹为此专门著有《地方性知识》,地方性知识完全可以跟普通性知识平起平坐,知识形态从一元化走向多元化。这种知识观的改变意味着必须学会容忍他者与差异,要有一种"在别的文化中间发现我们自己"的通达的心态。在弗莱眼里,人类学家弗雷泽的《金枝》可以作文学批评著作来读,《金枝》体现的是文化的整体观,文学也是一种整体关系,不要把疆界绝对化,这些疆界有无数的缝隙,可以接受来自世界上任何地方的影响。这种相互间的参与和影响是文学发展的动力。"愈是生动有力的文学,就愈要依靠杂交授粉使自己繁茂地成长。"植物学、人种学上的杂交优势已成为一种常识,文化与文学上的封闭与偏执依然盛行。而越是同一化越带有地方性的社会里,我们从中学习"杂交优势"对应所得到的,就越只能是一些在朋友那里不断被重复,然后又接收到媒体一再支持的偏见。"杂交优势"对应的就是"近亲繁殖",强烈地排斥他人,从感情到血缘只有我爸妈我大哥,整个家族只有一个精神到肉体的"种父"。在此,我们才能意识到司马迁《史记》的伟大,司马迁没有中心主义,"齐物论"众生平等,成者败者,皆有尊严。《红楼梦》更明显,大观园即刘再复所说的"大观"眼光,是禅眼、慧眼、天眼,不是猪眼。王国维《红楼梦评论》里所说的"宇宙意识",用林黛玉的说法就是"无立足境,是方干净"。故乡在哪里?故乡就是茫茫宇宙,一个赤条条来去无牵挂的生命,到地球撒欢走一回,还找什么"立足境"?这就是《红楼梦》的宇宙境界,弗莱的加拿大多伦多大学校友传播学家麦克卢汉干脆把地球称作地球村,庄子跟曹雪芹一个意思。

从中国经典出发

——傅庚生与杜甫

对《史记》的阅读完全出于偶然，包括李白、陶渊明。前者是初中时帮村里老婆婆家干活时偶尔得之，后者是中学语文老师的介绍。对杜甫的关注完全是自愿，是有意识地进入杜甫的世界。这要归功于傅庚生先生。

1979年我还是一个高中生，我这个农村穷学生买一本书相当困难，积攒大半年零用钱才能买一本书，一块钱以上的很少，高二时咬紧牙关买了一本一块两毛钱的《梅里美小说选》。1979年10月31日我在岐山书店花六毛六分钱买到了傅庚生的《杜诗散绎》。在傅庚生先生的学术著作中，《杜诗散绎》不是代表作，仅仅是供初学者学习古典文学的入门书，但对一个中学生来讲绝对是一本了不起的大书。《梅里美小说选》序言中郑永慧先生把梅里美与雨果、巴尔扎克、司汤达并列，老师在课堂上把巴尔扎克捧得很高，《人间喜剧》的一百多本书组成的庞大帝国，梅里美一本中短篇集子就跟巴尔扎克拉齐了，我就借钱买下。《呼兰河传》读了开头和结尾，那忧伤的乡土情调跟当时我这个农村少年很接近，加上茅盾先生的序言，称此书为小提琴曲，就成为我购买的理由。《围城》《月亮宝石》《金蔷薇》则是内容提要打动了我。一个人早年的阅读，很容易成为生命的一部分，更关键的是对美的欣赏的底色。早年遇到一本好书就像青春岁月遇到一位美丽的少女，那完全跟人到中年甚至老年不同，中老年的这种机遇只能让你叹息青春已逝，徒增烦恼。对作家、艺术家来说，早年的阅读等于汲取母语的滋养。我很幸运在中学时接触到《史记》、陶渊明、李白、杜甫。其他几本经典都是原著，而《杜诗散绎》则是鉴赏性读物。有翻译有分析、有背景介绍，通俗易懂，涉及的作品有一百五十多首，差不多也是杜甫代表作的全部了。

《杜诗散绎》全书十二个章节，第一节杜甫的自传，第二节杜甫的家庭。第二节里杜甫说"诗是吾家事"，爷爷杜审言是唐初"文章四友"之一，老师给我们讲过"三苏"，加上苏小妹，老师就说苏东坡他们家是作家协会，杜甫家也是。第一节杜甫的自传"壮游"更是让我为之一振，壮游意味着冒险，对一个少年太有吸引力了，其中有一句"放荡齐赵间，裘马颇清狂"改变了我对杜甫的传统印象。中学课本已有《茅屋为秋风所破歌》《兵车行》，老师讲的杜甫大苦大难奇瘦无比，骑一头小毛驴颠沛流离，与潇洒豪放的李白形成极大的反差，好像李白专为盛唐而生，杜甫专为安史之乱而活。我是语文课代表，老师给我一本《唐诗三百首》，每天课余按老师吩咐在黑板上抄几首唐诗，大多都是李白、李贺、王维的诗，我自己私下摘抄李白所有的诗。李白潇洒、豪迈、任侠，一身绿林气，简直就是荆轲再世。连杜甫这样的苦难诗人都有"壮游"的经历，我当时就有一种对远方对异域的向往和渴望。后来我西上天山漫游中亚腹地，这几个作家起了很大的作用，李白、杜甫，波斯诗人萨迪，瑞典探险家斯文·赫定。后两位是我在大学时接触的，萨迪在《蔷薇园》中说：一个诗人应该前三十年漫游天下，后三十年写作。大三时读到斯文·赫定的《亚洲腹地旅行记》，从中学时萌发的壮游天下的念头就变成一种行动，读万卷书，走万里路，西行八千里，寄身西域大漠十年。只有在西域大漠才知道岑参的"轮台九月风夜吼，一川碎石大如斗，随风满地石乱走"，不是浪漫夸张，是客观写实。我的数百万字的"天山系列"作品被评为浪漫主义，但都有西域大漠真实而琐碎的日常生活做支撑。相当一部分原因就是早年对杜甫的欣赏和理解。

更为幸运的是上大学后买到了傅庚生先生的代表作《中国文学欣赏举隅》，时间是 1984 年 9 月 22 日，不用看内容提要序言介绍，冲着作者的大名，直接买下，如获至宝。这是傅先生 20 世纪 40 年代的著作，专门探讨文艺鉴赏的普遍规律，中华人民共和国成立后没有再版，陕西人民出版社 1983 年再版。20 世纪 80 年代初正是美学热、欧美文化热，本人在读大量外国经典的同时，读傅先生的旧著另有一番感慨。这本书至少让我有以下几方面的收获:(一)文学的整体观念。傅先生的这本书有分析有综合,但重点在综合,以文论文,有一贯到底的文脉与气韵。由此得到启发,我用一年时间读了一批通史:黑格尔的《哲学史讲演录》,韦尔斯的《世界史纲》,欧美学者所著的《化学史》《物理学史》《数学史》,罗素的《西方哲学史》,布克哈特的《意大利文艺复兴时期的文化》,勃兰兑斯的《十九世纪文学主流》,郑振铎的《文学大纲》,这些专著观念内容可能不再有前瞻性,但那种综合性概括性整体性使我受益匪浅。(二)文学的形式感。全书二十六章,一至六章专论感情,七至十三章专论想象,十四至十九章专论思想,二十至二十六章专论形式。当时我正热衷于符号学理论,就把傅先生的专著与苏珊·朗格的观点对着看,至少让我明白,文学的内容与形式是一个整体,感情、想象、思想这些看不见的内容必须有美的形式。艺术家所表现的不是他个人的实际情感,而是他所了解的人类的情感,艺术是人类情感的符号形式的创造。不久又买到贝尔的《艺术》,一下子与有意味的形式联系起来。文学专业最重要的文艺理论基础就是这样完成的。从书中我还知道了《浮生六记》,马上买来这本小册子,在《金瓶梅》《红楼梦》之外,一个小商人把中国古代家庭生活写得如此传神精致。(三)文学的创作规律。尽管傅先生重点在欣赏,但还是涉及创作,古今中外的文学艺术都是从鉴赏到模仿到创造,亚里士多德有摹仿论,后来的欧洲学者有专门的《摹仿论》。本人也曾写过一篇《从摹仿到创造》，本人执教之初，学生怕写作文，本人就找出李白早年学艺阶段的作品与谢灵运、谢朓的作品做对比，抄黑板上，先不说李白大名，学生误以为是抄袭之作，分析完后再告诉学生这是大诗人李白早年的作品。天才如李白者也是如此学艺，我辈何惧之有？不久就有学生作文在全国作文比赛中获奖。

现在客观地评价傅庚生先生的《中国文学欣赏举隅》，应该是王国维《人间词话》的延续，比《人间词话》更系统更精确。《人间词话》是西方理论与中国古典词话诗话有机结合的开山之作，开山之作更需要发展。从《人间词话》一本小册子，到十五万字的专著《中国文学欣赏举隅》，傅先生以文论文，分析中有综合，重在综合也突出了欧美新理论中国本土化的特点，对今天的学术研究依然有启示作用。

买到傅先生《中国文学欣赏举隅》一个月后，在旧书摊上找到了傅先生另一本专著《杜甫诗论》，1956年上海古典文学出版社的旧版本。傅先生在《杜诗散绎》前言结尾处做过说明：《杜甫诗论》出版在前，《杜诗散绎》在后，为避免重复省略了许多内容。两本书正好互补。杜甫的非战思想、爱国精神，杜诗的人民性之外，此书重点阐述了杜诗的沉郁风格。这是第一个收获。此书与傅先生1943年的代表作《中国文学欣赏举隅》一脉相承，那就是对形式感的重视；风格就是形式的一个标志。第二个收获，学术艺术化。我看到了蒋兆和先生画的杜甫像，消瘦而忧伤，熟读《杜诗散绎》后，心中就有一种预先的期待，诗人、学者、画家心心相印，加上我这个读者，从杜甫的形象我看到了乱世中为仁爱而奔走的孔子以及自沉汨罗江的屈原。学术研究到这个程度已经是美文了，就是传统意义上的文章，《典论·论文》《文心雕龙》本身就是好文章。民国时许多学术大家朱光潜、宗白华、刘大杰、陈寅恪、胡适、顾颉刚、雷海宗都是如此，还有我们陕西师大的史念海，突破了概念逻辑理性，充盈着丰富的情感和形象思维。第三个收获，挑战经典。上大学第一天老师就让我们怀疑一切，当年大学校园里比我低一级的一个师弟在诗歌朗诵会上高呼打倒托尔斯泰，打倒莎士比亚，赢得暴雨般的掌声和女生的喝彩。打倒了几个女生倒是真的，接近行为艺术。傅先生在《杜甫诗论》第九十一页对杜甫的经典之作《兵车行》提出建设性的质疑，至少让我们明白这几个意思：《兵车行》是杜甫创作的转折点，杜甫的非战思想人民性尽在其中，但傅先生指出这首杰作的不足：（一）形象的表现不足，有概念化之嫌。（二）感染力不够。（三）化用不够。"信知生男恶，反是生女好。生女犹得嫁比邻，生男埋没随百草"，直接从建安七子陈琳《饮马长城窟行》蜕化而来，有待深化。化用一直是当代文学创作的顽症，要么食洋不化，要么食古不化。米兰·昆德拉说：用自己的语言表达别人思想叫媚俗。今天可能更多的是用别人的语言表达别人的思想，该叫什么？原创的重要性从来没有像今天这么紧迫。傅先生追根溯源总结道：写《兵车行》的杜甫还有待于更深的生活体验。个人体验才是作家与社会与时代的交接点。傅先生的代表作1943年写于东北大学，那正是"国破山河在，城春草木深"的岁月。学术跟创作一样也有一个生命体验的问题，傅先生跟他所研究的对象伟大的诗圣杜甫合二为一，经历了那个时代所有的灾难。他对杜甫才有那么深的理解。

杜甫那些不朽的诗篇"三吏三别"《羌村》《自京赴奉光县咏怀五百字》《哀江头》等，麻衣见天子，自己的孩子饿死还惦记着皇帝吃饭没有，在曲江的草丛里看见叛军挑着血淋淋的人头纵马驰过，便追忆开元天宝盛世的太平景象，少陵野老吞声哭。个人经历与民族的灾难血肉一体。还有哪位作家比杜甫更深入地进入时代与生活的深处有如此深刻的体验？杜甫的伟大不但在于融入时代与社会生活，更重要的是超越时代与当时的社会生活，安史之乱中杜甫有不少写妻子儿女的作品，但更感人的是对他者的描写，杜甫大概是写他者最多的中国诗人，与其说是诗史不如说是对诗歌抒情传统的突破，这种叙事功能已经是小说元素了，由此及彼要"大庇天下寒士俱欢颜"，国破了但山河还在，山河就是天下意识。明末清初王夫之、黄宗羲、顾炎武发扬光大，到曹雪芹《红楼梦》，就是王国维所说的宇宙意识，从具体的家国王朝更替这种有限的时间，进入永恒的宇宙时间，时代与时间，一字之差，却有高下之别。海德格尔把存在与时间连在一起，就是对人的生命的存在意识的强调。大观园里美丽的少女为什么对婚姻对家庭充满恐惧？女子出嫁等于毁灭，因为出嫁后的女子丧失了"时间"，青春生命与时间是一体的。曹雪芹发展了整个中国古典文学最健康的部分，与欧洲文艺复兴的顶峰莎士比亚遥相呼应，当时东西方虽然隔绝但对人性的呼唤是一样的。据《莎士比亚传》介绍，莎士比亚的儿子十二岁夭折，名字叫哈姆涅特，莎士比亚把丧子之痛扩大成人类之痛。杜甫早年丧母寄养在姑姑家，瘟病流传，姑姑保护了杜甫，丧失了亲生儿子，后来杜甫给姑姑的墓志铭中称这个伟大的女性为"有唐义姑"。傅先生一双慧眼直言《兵车行》只是技术操练，更大的生命体验冥冥中把杜甫推上历史的前台。给学生讲杜甫的经历时我总是联想到耶稣基督，总是联想到陀思妥耶夫斯基笔下的梅什金公爵和阿辽莎，俄罗斯文学有愚圣一说，杜甫也算是中华民族的一个愚圣，这在讲究世事洞明、人情练达的中国显得有些特立独行。这种大慈大悲近于宗教圣徒的人类情怀所包含的人格力量，宗白华先生视为艺术的最高境界。宗白华先生把艺术境界分为三个层次，始境以情胜，又境以气胜，终境以格胜，气即风格个性，格即人格。傅庚生则是系统地从情感到想象到思想到艺术的有意味的形式，即心灵世界。

2013 年

契诃夫与小说艺术

　　一个人早年的阅读很重要，近于母乳，那时我们很幼稚，生命的可塑性很强。我很幸运在小学三四年级到初中，就拥有了《三国演义》《水浒传》《史记》《唐诗三百首》。最早购买的书中包括傅庚生的《杜诗散绎》，余冠英的《诗经选》《汉魏六朝诗选》，郭沫若的《屈原赋今译》。也就是在这个时候接触到契诃夫，人民文学出版社 1960 年版，封面有契诃夫戴夹鼻眼镜的肖像，神情忧郁。拥有此书的同学吊我胃口，只肯借我上册，下午放学时借出，第二天一大早必须归还。家里的厨房就是我的"临时书房"，蚊蝇及老鼠窜来窜去，夜深人静时忍不住抄其中最好的篇章，《哀伤》《苦恼》《歌女》，抄到《渴睡》时天亮了，往学校赶，《草原》只扫了几眼，同学就收走了。好多年以后，我西上天山写了一篇我自己的《瞌睡》。天山和阿尔泰的草原足以弥补中学时擦肩而过的《草原》。

238

20世纪80年代真是个好时光,大学校园如同天堂,师范院校包吃包住还有生活补助,还可以勒紧腰带挤压出生活费买自己喜欢的书。俄罗斯作家中只有普希金、契诃夫、陀思妥耶夫斯基值得我买他们的所有作品,各种版本,包括传记,契诃夫的传记就搜购了好几种。汝龙翻译的契诃夫小说选集、小说全集以外,还有文集,还有贾植芳先生译的《契诃夫手记》,还有分成几十本的小册子,还有小开本袋装书。几次搬家都是大迁徙。从新疆回陕西横跨近万里,家什包括书全部都托运,细软妻子携带,我一个大男人提一个大包有几十公斤重,跟贩毒分子一样几十本珍贵书籍随身携带,上厕所都要叮咛妻子这个包一定要看好,包中契诃夫最多。

西欧小说都依从逻辑,而俄罗斯小说从生活出发,车尔尼雪夫斯基所谓美即生活完全是典型的俄罗斯风格。托尔斯泰写了俄罗斯民族健康的一面,陀思妥耶夫斯基则是另一个极端即疯狂与病态,直接引发存在主义哲学与现代艺术,契诃夫综合了俄罗斯的方方面面,大街小巷角角落落,连一粒微尘都不放过。我曾经像遗憾鲁迅没有长篇小说一样遗憾过契诃夫,契诃夫有一本长篇规模的《萨哈林旅行记》,是纪实不是虚构作品。人到中年我就不这么看了,鲁迅后半生那些犀利而富有生机的杂文连串起来不就是波斯地毯一样壮美无比的画卷吗?屠格涅夫晚年来不及完成长篇巨著,就把那些长篇构思写成短篇组成《爱之路》。当托尔

239

斯泰、陀思妥耶夫斯基狂风暴雨电闪雷鸣洗涤俄罗斯大地的时候，契诃夫更像俄罗斯民歌《三套车》与《伏尔加船夫曲》，从大地深处发出低沉沙哑浑厚的胸音。

从文体上讲契诃夫的小说是不完整的，截取生活一个断面，没有故事没有情节，没有高潮，更没有结尾，主人公的自言自语，生活中的苦恼不如意，甚至一点点情绪，都被契诃夫截下，但又与生活的洪流血气相连，鲜活得如鱼在水中。伍尔夫比较了契诃夫与英国的小说，英国小说都有人们熟悉和公认的结尾，有合乎逻辑的句号，而契诃夫小说结尾处还是个问号。《带小狗的女人》结尾时男女主人公还在旅馆里商量明天怎么办；托尔斯泰在长篇还没有结尾的地方就让安娜自杀了，高中时读过大学时也读过，不明白一号主人公死了还有什么好写的。直到我走出校门，在西域瀚海写《西去的骑手》时，才明白死亡的是躯体，人的精神魂魄还弥漫在宇宙天地间。也是在这个时候，重读契诃夫，发现其短篇小说含有长篇的内涵。中国小说只有鲁迅的《祝福》、张承志的《大坂》有这种意味，多层次多线索，背景大，苍莽群山一只鸟，千里戈壁一棵树，绝不是精致小盆景。同样是截取生活断面，有的人刀切豆腐巨斧断石，光滑直溜，一尘不染，契诃夫绝不用刀斧甚至不用剪刀，医生这个职业用惯了冷冰冰的器械，文学绝不是医学、手术台与医疗室里的病人，进入文学角色时契诃夫就脱掉白大褂和手套，一身休闲装，直接截取生活的断面，截面毛糙，带许多根须，无法用句号自圆其说。契诃夫甚至厌恶对生活对生命下结论画句号给出路。

三十岁以后，我更喜欢契诃夫的传记。各种版本的传记都有这样的记录，契诃夫与许多女性关系密切，近于恋人关系，契诃夫也长于写男女恋情，最后一部作品就是《新娘》。契诃夫结婚不久就去世了。短暂的婚姻生活给人印象也好像在恋爱，妻子也是个艺术家，夫妻分别多于团聚。恋爱中的男女是生命中最有活力的状态，契诃夫的这种生活方式与他所珍爱的小说艺术是一致的。从这个意义上讲，短篇是恋情，而长篇绝对是婚姻，需要极大的耐心与韧性。托尔斯泰的婚姻可谓波澜壮阔暗流涌动，晚年离家出走死于火车站，让妻子充当了另一种安娜。老托不善恋爱，快四十岁时与十八岁的妻子结婚，妻子单纯纯洁。老托已经相当西门庆了，不断地写《忏悔录》。陀思妥耶夫斯基也是相当糟糕的情人，斯洛宁在《颠狂的爱》中有详细的记载，三任妻子几乎代表陀思妥耶夫斯基的三个创作阶段。陀氏第三任妻子几乎综合了俄罗斯女性所有的美好品质，如同他在普希金纪念会上著名讲演中赞美的伟大的达吉雅娜，这种际遇足以让俄罗斯其他男性作家羡慕不已。对托尔斯泰大放厥词的纳博科夫对契诃夫推崇备至，尤其是《带小狗的女人》，这是具有长篇内涵的短篇小说，乔伊斯《都柏林人》的压卷之作《死者》，波拉尼奥《地球上最后的夜晚》中最感人的《安妮·穆尔的生平》都是对契诃夫的发扬光大。最

241

让人惊叹的是帕斯捷尔纳克,《日瓦戈医生》把托尔斯泰的冗长啰唆与陀思妥耶夫斯基泥石流一样的放纵全部纳入契诃夫的节制冷静内敛深情与忧郁之中,主人公也正是契诃夫的职业——医生。跟生活保持恋爱关系的另一个典型就是卡夫卡,你看他那双眼睛和耳朵,高度的警觉与惊恐,艺术的大敌是麻木与疲软,就像猪肚皮那样。

李仪祉与张家山

前几天朋友自驾车邀我去泾阳张家山。出城向西北三十里出现了青色的山脉九峻山,山势峭拔险峻,形同笔架,也叫笔架山。泾阳城正北三十里的嵯峨山也是五峰并立,形同笔架,叫北笔架山。肥沃的关中平原上,泾阳县就坐落在两架笔架间,文脉旺盛,文曲星灿若星汉。汉唐不说,近代就有于右任、吴宓、冯润璋、李若冰、雷抒雁等。这里还有中华大地原点,还有中共关中分区干训班遗址。唐太宗李世民的陵寝就在笔架山。

我们要去的张家山是九峻山与北仲山交会处,泾河由此出谷。渭河由西而东入黄河冲刷出的关中平原,泾河由北而南入渭河。泾渭分明的本义就是,渭河挟沙带土泥汤翻滚,泾河流经草地山脉水清见底。沿河道进山,河滩一片片水洼,碧蓝剔透如宝石。过两三架山一道水坝拦截河道,绵延几十公里的张家山水库被堵在群山中。水坝东侧建有水电站,泄水闸把水放进山体东侧的水渠里出山进入平原，也就是山下几百万亩灌区。

这里还没有开发成旅游区，保持着原生态。路边几十辆车都是西安和县城来的自驾车。游人们都在小商店买矿泉水，都把水倒光，去接石崖上喷出的泉水。河道边石崖上不但奇树横生，更多的是泉水四射，花草丛生。这就是大西北的魅力，美妙之处必藏于偏僻深洼处。

这里更吸引人的是古代水利遗址，完全是一座天然的水利博物馆，秦郑国渠，汉白公渠，唐三白渠，宋丰利渠，元王御央渠，明广惠渠、通济渠、青龙渠，民国李仪祉先生修建的泾惠渠。中学时就听过地理老师讲李仪祉以及关中八惠，其中渭惠渠、梅惠渠就在我的老家宝鸡。大学时就开始收集李仪祉的资料，包括《李仪祉水利论著选集》《易俗社秦腔剧本选》。实地考察亲临现场，那些书斋里的文字全都复活了。李先生呼之欲出，如在眼前。

泾惠渠的修建可谓民国乱世的一大壮举，更是陕西的一大善举。当时陕西连年大旱，饿殍遍野，许多村庄空无一人。李先生到处募款，修建泾惠渠。工料奇缺，只能拆庙补救，乡绅们反对，李先生亲自动员劝解："相信我李仪祉，我是为咱陕西干实事。"1932年夏，泾惠渠一期工程完工放水，灌田二十万亩，农民初获灌溉之利。时疾病盛行，灾荒频仍，泾惠渠活人百万。两年后灌区浇地六十万亩，农民连续两年获得大丰收，男女老幼都穿上新衣，集市百货充盛，成为战乱年代一大奇景。

泾惠渠后,李先生又修建渭惠渠、洛惠渠,时值日寇入侵,器材缺失,先生抱病亲临工地指挥,劳累过度病逝,渭惠当年完工放水。先生是蒲城人,泾惠渠在泾阳,按先生遗嘱安葬于泾阳县王桥镇泾惠渠畔。2011年陕西省水利厅在这里修建了李仪祉纪念馆,与此相连的是陕西水利博物馆。

李先生除修建关中八惠陕北永定河水利工程之外,还在苏北运河上修建三个现代化船闸。李先生一系列治淮治黄计划,在那个战乱年代大多泡汤,1949年后才逐一实现。李先生当年从德国学习水利工程回国,一边实地考察修水利,一边在南京筹建河海工程专门学校,自编教材,自制灌区模型,现在水利科学上的许多专门名词都是当时李先生所用的。秦人善治水,中国古代三大水利工程郑国渠、都江堰、灵渠都是秦人所建。李仪祉先生用现代科学手段发扬光大中国古代的治水传统,被誉为"中国现代水利先驱""亚洲近代水利科技先驱"。

笔者执教三十年,给学生介绍的经典美文中总要列入一些学术大师和自然科学家的文章,竺可桢、茅以升、王国维、顾颉刚、李仪祉、史念海等,让学生从中体验汉语的美妙与魅力。《易俗社秦腔剧本选》中收入李仪祉的剧作《李寄斩蛇记》,还有其父李桐轩的《一字狱》,其兄李约祉的《庚娘传》。其父李桐轩是易俗社的创始人之一,易俗社,顾名思义是"移风易俗""开发民智"。鲁迅先生1924年来陕西讲学,专门到易俗社看秦腔,并题词:"古调独谈。"我们由此也能理解李仪祉先生爱国悯人的人文情怀其来有自。

李仪祉先生水利著作中的诸多篇章《议整理秦岭山下各水》《治河略论》《沟洫》让我联想到,史念海先生把自己的历史地理学著作统统叫《河山集》,王国维研究边疆史的著作则命名为《流沙坠简》。受此影响,我小说名字都有真实的历史地理背景,《美丽奴羊》就是新疆科学家用进口的澳大利亚羊与哈萨克土羊相配而成的中国细毛羊;《阿力麻里》就是当年蒙古察合台汗国的国都,今天伊犁霍城县境内;《库兰》是哈萨克人对野马的称呼;《乌尔禾》就是准噶尔盆地最低洼处农七师一三七团所在地,成吉思汗当年打猎的地方,《生命树》则是西北民间剪纸艺术生命树与哈萨克神话生命树对应基督教生命树,比美国电影《生命树》早两年,西方至今没有以"生命树"为题的长篇小说。

"小说家的散文"丛书

图书在版编目（CIP）数据

那张脸就是黄土高原 / 红柯著. --郑州:河南文艺出版社,
2022.12

（小说家的散文）

ISBN 978-7-5559-1384-9

Ⅰ.①那… Ⅱ.①红… Ⅲ.①散文集-中国-当代 Ⅳ.①
I267

中国版本图书馆 CIP 数据核字（2022）第 179360 号

选题策划　王　宁
编　选　南　宫
责任编辑　王　宁
书籍设计　刘婉君
责任校对　赵红宙

出版发行　河南文艺出版社
本社地址　郑州市郑东新区祥盛街 27 号 C 座 5 楼
承印单位　河南瑞之光印刷股份有限公司
经销单位　新华书店
开　　本　787 毫米×1092 毫米　1/32
印　　张　8.125
字　　数　157 000
版　　次　2022 年 12 月第 1 版
印　　次　2022 年 12 月第 1 次印刷
定　　价　45.00 元

印厂地址　河南省武陟县产业集聚区东区（詹店镇）泰安路
邮政编码　454950　　电话　0371-63956290